被遺忘的埃及 I
那法亞媞

被遺忘的埃及 I
那法亞媞

被遺忘的埃及 I
那法亞媞
Nefayiati
Forgotten Egypt I
Ruowen Huang 著／譯

自序

一九九四年，在拉斯維加斯的賭場裡，手中的代幣上出現的一個女王頭讓我印象深刻，但卻讓我在回台灣的路上搞丟了。因此，代幣上的女王也讓我遺忘了。

二〇〇六年，法國羅浮宮。因為空氣中突而其來的一句「我終於找到你了」讓我莫名地心悸，緊接著在博物館裡大哭了將近半個小時，幾度讓警衛問我需不需要幫忙。我揮揮手，因為我不知道自己在哭什麼，又為了什麼哭，只知道等眼淚擦乾了以後，眼前的雕像卻讓我忍不住拿起手中的相機。只不過等相機收起來，我也忘了他。

二〇〇七年，自從法國回來以後，我就一直很清楚地知道有個埃及靈魂一直跟在身後。我不知道他究竟為什麼一直跟著我，也不知道我能夠給他什麼，但每每只要他靠近的時候，我的心都會莫名地有點難過。從法國回來以後，腦子裡會不時地出現一些自己無法理解的影像，所以我開始告訴自己，沒事少去逛埃及文物館，免得老帶些不乾淨的東西回來，惹得自己心煩。

二〇〇八年是我最糟最糟的一年。影像出現的次數愈來愈頻繁了。但從這一年開始，不再只是影像而已，而是身體先有反應，可能一兩個月後才看得到影像。我的身體會開始莫名地顫抖，體內的血會開始振動，老覺得有人在我的背後吃我的內臟，老覺得自己好像隨時會消失，老覺得有人在碰我，更不要說我明明看得到是誰碰我，但卻對這個人一無所知。就這樣子過了好幾個月，我甚至建議老公直接送我到精神病院。我覺得自己好像瘋了，活在一個現實與古代不斷在交錯的時空裡。所幸幾個月後，我終於找到隔離所有感官的方法，我的生活再度回到正常的軌道。

二〇〇九年，趟無心的慕尼黑的埃及博物館之旅，使得好不容易隔離的影像又全部回來了。我開始覺得自己好像是同時生活在兩個世界的人，每天呈現在眼前的是兩種影像，感受的是兩種感官。我很希望孤狗可以給我一個比較合理的解釋，但我比較相信這樣的話要是說出去，鐵定會馬上讓人當成瘋子。但是，我真的快瘋了，如果這次不想個方法的話，我怕我真的會列入精神病患的行列當中。所以，不知道為了什麼緣故，我決定執起多年不曾動過的筆，將腦裡子看到，身體體驗到的畫面全都寫成故事。

短短一個月不到的時間，我寫完了一整套的書（四本）。書裡面的內容嚇到了我，也嚇到了很多一路陪我走來的朋友。因為裡頭的故事是一段早已經被遺忘，卻又留下無數猜測的歷史。我幾度問自己：這故事是真的嗎？但是裡頭的影像是如此的真實，寫書時的感受是如此地深刻，更甚至是裡頭出現的許多角色都是我從未預期的，如果它不是真的，那麼它又是從哪裡來的？

那法亞媞的故事花了我十天的時間寫完，卻花了四年的時間讓它出版，但是裡頭暗藏的功課，我到現在還沒有做完。沒有人知道這個記憶為什麼選擇三千多年後再度浮上檯面，但對我來說，我的人生體驗已經隨著書裡的角色漸漸地成長。

記憶既然已經被埋藏了三千多年自然不會完整，但卻是裡頭的主角們僅殘留的回憶。而為了故事的完整，一些太不堪的情節，我也自動跳過。

把書寫出來不是為了證明自己是誰，而是深刻地認為：或許你們也可以在書裡面找到自己……

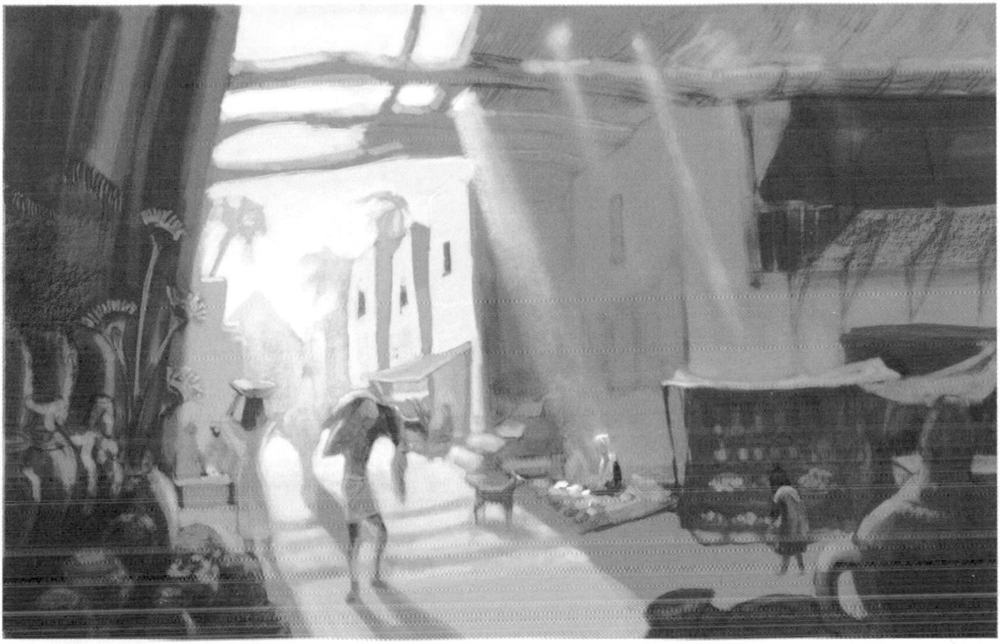

感謝網友賴維宣為那法亞媞所創的精美畫作

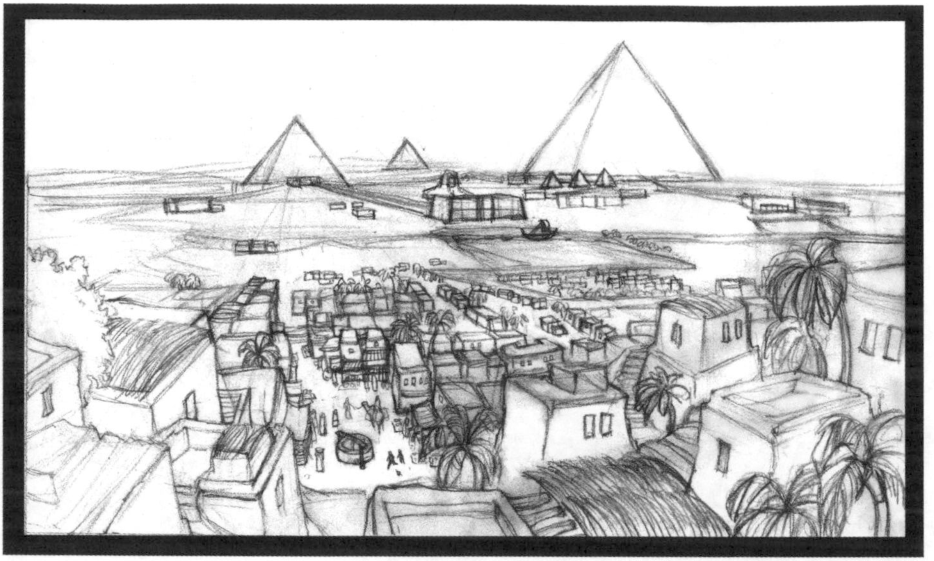

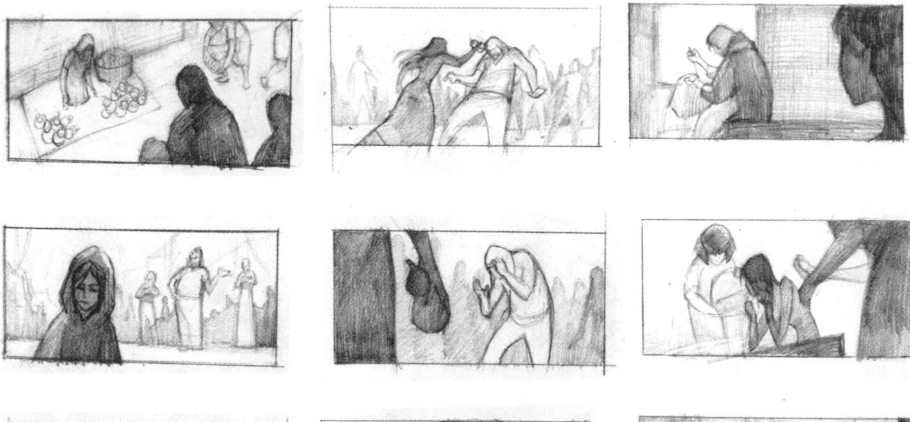

感謝網友賴維宣為那法亞媞所創的精美畫作

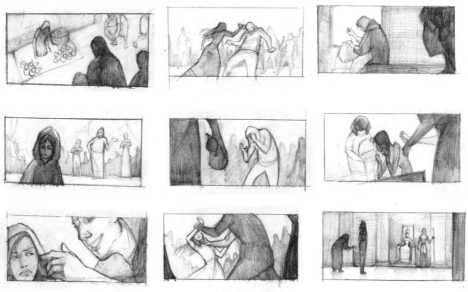

楔子

古埃及的十八王朝是埃及的全盛時期，也是眾人皆知的新王朝時期。

薩摩斯三世（十八王朝的第六代法老王）在就位期間展開了長期的領土攻占，並致力擴張埃及的軍隊，成功地鞏固古埃及王朝所創立的帝國。他的努力造就了埃及在西元前一千三百年左右，阿門厚德三世執政時的黃金盛世。

而阿門厚德三世長期的執政，也間接地創造出埃及史無前例的繁榮以及藝術的高峰……

「我要如何知道？」

日正中天在神殿大廳裡，一位穿著繡著金邊白色罩衫的少年，此時正蹲跪在一尊神像面前，伸直了雙手演練著祈禱儀式。他輕蹙著眉頭，期望著自己的問題可以得到一個答案。雖說他已經在神殿裡學習了多年，但他的知識似乎永遠比不上身旁的大祭司。

「你不會知道，」大祭司回答了少年的問話後，隨即調整了少年伸直的手臂解釋道：「但是你必需要相信。」

相信？大祭司的回答讓少年顯得有點困惑：「該怎麼做？」

「用感覺。」大祭司緊接著示意他閉上眼睛，而後將手貼附在他的胸口後接道：「你得要用心去感覺。」

少年於是深吸了一口氣，隨即依照大祭司的指示再試一遍，但沒一會兒的功夫，他深鎖的眉頭再度顯示出他內心的困惑。用心？那究竟該是怎麼樣的一個感覺？他似乎永遠無法真正地了解那樣的境界。「除了溫度以外，」他坦白回答：「我沒有辦法感應到任何的改變。」

這樣的回答似乎一點也不讓大祭司感到訝異，反倒是讓他回了一抹微笑後，更有耐心地解釋道：「你若是想要透過祈禱來轉換能量，就必須先將自己融入那個能量，並感受它們是如何地運作。一旦你可以讓自己成為能量的一部分之後，你便可以透過認知，並運用初衷來掌控能量的運作。」

初衷？少年暗想；那幾乎是所有事件發生的動機。「然後呢？」他還是好奇。

「然後你只需要相信自己，並耐心地等待它自然發生就可以了。」大祭司回答。

雖然此時的他們只是在練習祭拜儀式，但任何的儀式對神殿來說都是神聖的，以致於偌大的神殿裡根本沒有人膽敢任意出聲，抑或是做出任何令人分心的事。

這座神殿座落在埃及首都——錫比斯城外，整座神殿大多是以白色的大理石砌成，四周除了巨大的樑柱與廊道，整個神殿的核心幾乎是中空透日，完全沒有任何的擺設，除了殿堂前擺設的幾尊神像以外。由於神殿大多是只提供給王室與貴族使用的，所以一般時候，神殿內除了祭師之外，根本就看不見其它的平民老百姓，就連侍從與守衛也沒有。神殿裡的工作大多是由祭師來接手。

少年這時閉上了雙眼，努力地依照大祭司的指示再度嘗試了一遍。也在同時，一道曙光順勢照進了殿堂之內，讓蹲跪在神像前的男孩身上反映出一抹淡淡的金色光芒。少年持續感受著身旁的能量，沒一會兒的時間，一抹優美的弧型線條便慢慢地在他的唇上成型。

「我想，」他滿意地開口：「我終於懂了。」

他隨後緩緩地睜開雙眼，透過曙光望向身前那尊他向來崇拜的神像，由衷地在心裡頭低喃：阿騰（埃及太陽神之名），我終於了解您存在的意義。

一名少女蹲在河岸邊，正慢慢地用雙手勾起河裡的泥土塗抹在自己的頭髮上。她不斷地重複這樣的動作，直到河裡的污泥逐漸地布滿了她滿頭烏黑的髮絲。

融入……

融入污泥，融入人群，這個字簡直就是她整個人的生存目的，更與她的名字背道而馳。有時候她真的很好奇；如果人們總是不斷地想辦法讓自己融入身旁的人事物，那又要如何活出真正的自我？

只不過這個問題，她清楚地知道自己永遠也得不到答案，所以在嘆了一口氣之後，也只能低頭繼續做她從一出生就擅長的事——融入。想著，她再度順手將手中的泥漬塗抹在自己的臉上。

一直等到污泥終於均勻地覆蓋她大部分的肌膚後，她這才停下手中的動作，抬頭並瞇起雙眼望向那旭日東昇的朝陽，靜靜地等待著髮上的污泥因陽光的溫度而慢慢地硬化。

曙光，她意識道；就像是我的名字一樣。只不過此刻的她一點都不覺得自己像那閃亮耀眼的太陽，反倒像是岸邊那混濁骯髒的污泥一樣不堪入目。

為了遵循母親的要求，她幾乎從小都得要與污泥為伍。這也讓她不禁自問；究竟要到什麼時候，我才終於可以在不需要融入的情況之下，了解我之所以存在的真正價值？

第一章

錫比斯城——埃及首都

當葫蘆撞擊到地面的時候，四周的吵雜聲在瞬間化成了一片沉寂。這個地方是錫比斯城裡最熱鬧的市集，座落在城市東方一處貴族與平民交界的地方。半高築的圍牆讓市集小販們順勢地沿著牆邊擺攤叫賣。這裡向來是個十分熱鬧又到處充滿著攤販與客戶的地方，但此時卻因為歷耶的憤怒而使得整條數尺長的街道頓時變得鴉雀無聲。

埃及的表面雖然看似繁榮富足，但是稍有地位的貴族慣性地在平民間為所欲為幾乎是常有的事。特別是在這個市集裡面，根本就沒有人膽敢激怒歷耶，因為他來自這個地區裡面權位最高的家族。當朝的法老王十分重視貴族們的階級地位，往往縱容貴族們的妄行也不會替百姓們主持公道，這使得一般的平民老百姓根本不敢挑戰貴族的權力，更枉論是那些長期在王宮裡任命的貴族家族。而歷耶就是出生在這種家庭背景的地方小霸。

被葫蘆砸到的地方傳來異常的溫度，歷耶伸手撫上自己的額頭，但在看到指尖上的血漬時，怒火頓時在他的胸口漫延，讓他隨即狠狠地瞪向身前那個不堪入目的女孩。

那個女孩簡直髒得像隻過街老鼠一樣，不但又髒又臭、還全身覆蓋著滿滿的污泥，擺明了一副見不得人的樣子。姑且不管她骯髒的程度有多麼令人作噁，今日之所以讓他光火的原因是；這一整個區裡沒有人不認識他的。若是要在這個市集擺攤做生意，個個都要向他照個面、交個保護費並得到他的點頭答應才行。但是這個新來的奴隸非但不懂得城裏的規矩，這會兒竟然還膽敢拿葫蘆砸他的頭？

啪——

歷耶在那個女孩還來不及做任何反應以前就已經一個巴掌狠狠地摑上她的臉。他的力道之大，毫不留情地便將她整個人往身後的牆上甩去。一抹刀刺的痛瞬間穿刺她整個背脊，刺激著血液從她的嘴角溢出。歷耶的大手隨後掐上她細瘦的喉嚨，野蠻地將她整個人從地面上拉起來釘在牆面上，一雙瞪視她的黑眸猶如要將她碎屍萬段一般。「這是妳自找的！」他嘶牙咧嘴地低吼：「你要為自己的愚蠢付出代價！」

但那個女孩卻沒有因為他的威脅而顯現任何的恐懼。即使垂涎在生死邊緣的她理應向他低頭求饒的，但她深褐的雙眸卻反而更肆無忌怛地瞪著他，並且公然地挑戰他的權力?! 歷耶皺起了眉頭並感覺到一股莫名的威脅感慢慢地在他胸口成形，那種不安全感讓他不自覺地加重了手中的力道並想要致她於死地。他恨透了現在這樣的感覺。因為從來沒有人膽敢如此公然地挑戰他並讓他產生此刻般的壓迫感，更遑論對方還是個瘦如柴骨、氣若遊絲般的臭丫頭?! 如果他從未讓任何人威脅過他，他篤信道；那以後也不可能！

在這個當下，他深信自己可以輕而易舉地置她於死地，只要他掐著她脖子的手再使上一點力，那麼他絕對可以讓她這低賤的生命在他的眼前完完全全地消失……

「夠了！」

沉浸在看著她幾近窒息而產生的快感之中，歷耶幾乎只需要再那麼一點點的時間就足以了結她的生命，卻讓一道突而其來的聲音而制止了手中的動作。他反射性地朝聲音的方向望去，卻在此刻看見傑洛克從街角的另一端逐步地朝著他的方向靠近。他的出現讓歷耶不自覺地鬆開緊握的拳頭，任由手中的女孩順勢地跌坐到地面。

傑洛克是伺候王后的侍衛隊員。錫比斯城裡的王室侍衛兵向來是從埃及軍官裡所挑選出來的精英，且大都是身經百戰的鬥士。但傑洛克卻以前所未有的姿態，一入宮便得到王后的賞識而直接成為她的貼身侍衛。

十五歲的他是個高大英俊的少年；擁有一身異於埃及人的淺麥色膚色以及深邃獨特的五官。遑論他高大的外型已足夠讓人產生壓迫感，如今再加上王后對他的恩寵更讓全埃及上下沒有人膽敢挑戰他的權力。

看見傑洛克靠近，歷耶急忙轉身開口：「傑洛克，這不是你需要插手的事……」

「不需要嗎？」一直走到歷耶面前之後，傑洛克這才輕挑了眉頭反問。他隨即以眼角瞄了眼跪坐在地上的女孩，但很快地又將所有的注意力集中在歷耶身上後嚴厲斥責道：「埃及從什麼時候開始是由你來管的？」

傑洛克毫不客氣的諷刺讓歷耶的臉頓時漲紅，滿腹的牢騷也跟著油然而生。傑洛克在多管什麼閒事？他咕噥道：在埃及這種階級分明的制度底下，單憑他家在城裡的勢力本來就有左右賤民生命的權力。這不早就是眾所皆知的事嗎？

「像她這種人渣，你又幹嘛在乎我對她做了什麼？」歷耶唾棄道：「她對咱們這種人來說根本一文不值。」

「不是人渣，而是一個生命！」傑洛克糾正道：「她對你來說或許一文不值，但她仍是屬於國家的財產，她的生死應該由王室來決定，不是你。今日你擅自行使王法，明日是否會貪求王位？這會兒我很確定王后鐵定也會想要聽聽看你的說辭。」

「你——」歷耶氣得咬牙切齒卻依舊不敢回嘴半句。因為不管他再怎麼生氣，也知道自己不該挑戰傑洛克的權力。於是他強迫自己收斂了挑釁的語氣後開口：「何必把事情搞得這麼大？咱們根本沒有必要為了一個奴隸而損壞我們的階級。」

「損壞我們的階級？」傑洛克一聲嗤笑：「在我看來，我不過是在執行公務罷了。更何況我只是一介侍衛兵，又哪來的損壞可言？但至於你的階級會不會受到影響，可就不是我可以保證的事。」他意有所指地望向歷耶後又接口：「所以你覺得……我是該將你的所作所為一五一十地稟告給王后，還是將你引薦到王后面前，由你親口向她解釋？」

傑洛克看似玩笑的話卻足以讓歷耶冒了一身冷汗。因為整個埃及上下誰不知道當今法老王雖然是阿門厚德三世執位，但是實質掌權的卻是堤亞王后。歷耶光是從父親口中就聽過不少堤亞王后的傳聞；說她獨裁專制，還是個殺人不眨眼的冷血王后。所以光是聽到傑洛克要將他引薦到王后面前，歷耶的背脊便不由得一陣冷顫。因為他再笨也清楚地知道堤亞王后絕對是他一輩子都不想見到的人。

「不必了，犯不著你多跑一趟。」了解傑洛克要些什麼，歷耶不屑地朝地上的女孩睨了眼後又開口：「既然現在你都出面了，那我以後自然不會找她的麻煩。」說罷，他強忍著滿肚子的穢氣，唾棄地朝她吐了口口水後便轉身帶領著一票隨從朝市集外的方向離去。他暗自低忖；今日就算他再怎麼不甘願，也不值得為了一個奴隸而拿自己的性命開玩笑。

也一直等到歷耶等人完完全全地離開了市集之後，傑洛克這才終於和緩了臉上的表情，蹲下身子想要檢查眼前的女孩是否安然無恙。但他還來不及開口，她一身過度刻意的污穢卻令人難以忽視。因為她的身上除了那件奇臭無比又滿是補丁的衣服之外，幾乎沒有一寸肌膚不是覆蓋著滿滿的污泥，更不用說還有一頭雜亂無章的頭髮。

錫比斯城是埃及的首都，這裡的人民生活富足，城裡又多是達官顯要，所以百姓的生活就算再怎麼困苦也不至於讓自己淪落到一副連乞丐都不如的模樣。所以她的裝扮在錫比斯城裡顯得突兀，也讓他的視線不自覺地從她的衣著循著她的臉上望去。但注意到那一身的泥土混雜著半乾滯的血漬，他開始懷疑若不是自己的及時出現，這個女孩的生命顯然早已經斷送在歷耶的手中。雖說這樣的事情在錫比斯城裡已是思空見慣了，但貴族們跋扈囂張、不把百姓們的生命當一回事的態度卻不是他可以認同的。或許是因為他同樣是平民出身，所以才總覺得自己有義務為這個逐漸腐敗的社會病態做些什麼。

思及此，他注意到那一雙掩藏在污泥後的明亮雙眸，這讓他不禁好奇；在這個市集裡面沒有人不害怕歷耶的家族勢力。但是眼前這個看似十三歲不足的小丫頭，即使在垂死邊緣，眼裡卻看不見任何的恐懼，反倒是滿滿的憤怒與不滿，膽量顯然大過於一般的街井市民。或許是她的眼神帶給他些許的震撼，使得他一直遲疑了好一會兒後這才終於開口：「妳還好嗎？」

他才想要伸手為她拭去嘴角的血漬，那個女孩卻在此刻狠狠地揮開他靠近的手，並急忙地撇開自己的臉。她緊接著倏地自地面上站起身、慌亂地拾起掉落在地面上的葫蘆之後，便匆匆忙忙地推著推車朝著市集外的方向離去。

她離開的速度之快，讓傑洛克根本沒有開口的機會，只能望著她瘦小的身軀逐漸地消失在視線之外。好像他才是那個為非做歹的惡徒似的，傑洛克輕蹙起眉頭，但沒一會兒的時間，他臉上的困惑很快地便讓一抹淺淺的笑意所取代。真是個有趣的女孩。他低笑道。從小到大在錫比斯城生活這麼久，還沒有見過哪個女孩像她這個樣子。鐵定是個剛進城的異鄉者才會這麼不懂得城裡頭的規矩。

只不過這也讓他相信，這或許是他第一次見到她，但絕對不會是最後一次……

那法亞媞一踏進家門便看見她的母親若亞正忙著縫合兩片懸空的牛皮。這牛皮是埃及貴族們習慣鋪置在床架上以供保暖的床單，也是她的母親賴以為生的工作。她母親的手藝向來精緻，所以不管她們搬到了什麼地方，大家總是會很快地愛上了她的成品並總是稱讚那是全埃及最好的床單。有時候要是有多餘的剩布，她的母親甚至會縫製成別出心裁的服飾送給當地窮苦的人家。只不過那法亞媞很清楚地知道不管母親的手藝再好，她們也不可能過著寬裕富足的生活。因為母親向來不懂得利潤盈收，還老是做些虧本的活。

想著，那法亞媞順勢地檢視了下屋內簡陋的陳設。這間屋子其實是土屋民房旁加蓋的一間小倉庫，簡單的長方格局和兩個小窗口，雖然破舊簡陋，但倒還有個屋頂可以避風遮雨。屋子裡很勉強地放了張破舊的木床、一張小桌子和一處用來煮飯的小角落。彷彿從有記憶以來，無論她們搬到了什麼地方，她們母女倆總是有辦法以最不顯眼的方式過著奴隸般的生活。這讓她不免又在心裡頭一陣咕噥：「毫不起眼」這四個字絕對是她母親賴以生存的準則。

「我回來了。」一見若亞一直沒有回應，那法亞媞這又提高了語調重複一聲，決定暫時拋開腦子裡不愉快情緒，因為如此自哀自憐的態度根本無法改變她微不足道的一生。更何況……她自嘲道；人的命運又不會因為難過而有所改變。

若亞因那法亞媞的聲音而停下手中的工作，才轉過身準備迎接那法亞媞的歸來，卻因為她身上的血漬而頓時臉色大變。她急忙地跑到了那法亞媞的身旁：「發生了什麼事？妳怎麼有辦法把自己傷成這樣？」

那法亞媞抿緊了雙唇不想做任何的回應，因為她清楚地知道不管自己說了些什麼，母親總是有辦法將所有的罪過怪罪到她的身上。母親總是認為她不夠努力融入人群裡，才會老是為自己找來那麼多的麻煩。但天知道她從小到大除了想盡辦法讓自己學會融入污泥、變得毫不起眼以外，根本什麼技能也沒有。好像不管她做了多少的努力都永遠達不到母親的標準似的，使得此刻的她已經不知道自己究竟還能做些什麼才能滿足母親對她的要求。

「趕快把臉給洗乾淨，」見那法亞媞一直遲遲不開口，若亞趕緊吩咐道：「讓我好好看看妳到底發生了什麼事。」

但若亞的手才準備為她抹去臉上的污漬，卻一把讓那法亞媞握了住，心裡頭一直積壓的問題也不由得脫口而出：「為什麼？」她一直很想知道：「如果我的父親真的是整個埃及權位最高的大臣，那為什麼我們還要活得這麼辛苦？如果我真的擁有貴族的血統，那為什麼我們的日子卻過得連個奴隸都不如？」

她突而其來的問句讓若亞絲毫沒有任何的準備，使得她頓愣了一會兒後隨即開口：「夠了！」她嚴厲地打斷那法亞媞的問話後接道：「我早就告訴過妳，不准再提這個問題。妳永遠也不能讓任何人知道妳的父親是誰！」

「為什麼？」那法亞媞不懂：「如果我的父親真的是艾伊的話，那為什麼我們不能討論這件事？我都已經十三歲了，難道我不應該得到一個合理解釋嗎？」

若亞的臉色頓時變得黯然：「你已經知道得太多了。」

「知道得太多？」那法亞媞不以為意地輕嘖：「除了艾伊是我的父親之外，我根本一無所知！妳什麼事都不願意告訴我，也從來沒有解釋過為什麼我們不住在王宮裡，反倒像個難民似地流浪。妳從來不告訴我任何有關父親的事，又為什麼要逃亡？如果妳總是千方百計地想要遠離王宮的話，又為什麼要搬回來錫比斯城住？妳明明知道我有很多的疑惑，卻又總是不願意給我一個答案。難道妳還當我是個小孩，永遠不會對自己的身世感到好奇嗎？」

即便是感受得到那法亞媞此刻的心痛，但她所要的答案卻是若亞一輩子也給不起的。「我這麼做都是為了要保護妳。」若亞低垂了眼簾後輕嘆：「王宮不是妳想要去的地方，而艾伊更不是一個妳想要認識的人。有些時候，我們知道得太多只會讓事情變得更加地複雜，心靈反而得不到任何的安慰。妳只需要相信我這麼做都是為了避免讓妳受到任何的傷害就夠了。我不是故意要對妳有所隱瞞，只不過這是我唯一知道要如何保護妳的方法。」

「保護我？」那法亞媞抗議：「我究竟是為了什麼需要被保護？就因為妳要保護我，所以我每天得要蓬頭垢面到連我都瞧不起自己的地步?」

那法亞媞語氣中的悲慟讓若亞和緩了語氣輕喚:「那法亞媞,」她解釋道:「妳是一個非常美麗出眾的女孩,有張讓人過目不忘的臉,所以沒有辦法在毫無偽裝的情況下融入人群。我這麼要求妳也有不得已的苦衷,希望有一天妳可以了解我的苦心……因為美貌不永遠是一種祝福,很可能是場無人能掌控的災難與詛咒。」

「這代表著我是妳的詛咒嗎?」語中的顫抖讓那法亞媞幾乎聽不見自己的聲音。雖然知道那並不是母親真正的想法,但那卻是她覺得最適合自己的名詞——一個活生生的詛咒。

「當然不是!」那法亞媞的問句讓若亞瞠大了眼:「妳應該知道妳對我來說有多重要,我甚至把妳命名為……」

「美麗的曙光已到?」還不等若亞把話說完,那法亞媞便接續她再熟悉不過的名字。她怎麼可能會不知道自己的名字是什麼意思?那是她從一出生母親就不斷叮嚀的啊。

那法亞媞的話讓若亞鬆了一口氣。她沉默了半晌後,這才又終於接口:「若不是因為妳,我根本沒有辦法可以存活到這個時候。妳對我來說就好像生命中的一道曙光,正因為妳的存在,我才有辦法對未來還充滿希望。」

母親這常常掛在嘴上的道理她又怎麼會不知道呢?那法亞媞暗想道。只不過當她的母親急欲安撫她受傷的心靈時,是否曾經想過:「一個不喜歡自己的人又怎麼對未來充滿任何的希望?」

個滿是污泥的朝陽又怎麼看得到曙光？」這話她問過自己不下千次了。隨著心痛在胸口擴散，她除了對生活感到沮喪以外，更是對自己感到完全的厭惡。她不能理解自己為什麼不能過著像正常人一樣的生活，又為什麼非得要掩飾她是艾伊之子的事實。更荒謬的是，在母親不願意與她分享任何過去的情況底下，她甚至不確定自己究竟是不是艾伊的小孩。

淚水隨著她的思緒慢慢地盈滿她的眼眶，喉間的哽咽讓她再也無法開口半句。所以她急忙轉身奪門而出，試圖在淚水決堤以前離開母親的視線。她已經厭倦這種無能為力的日子，她希望自己從來沒有來到這個世上，更甚至是永遠地從這個世界上消失。

望著那法亞媞的背影消失在門後，若亞沒有辦法追出去，卻只能無力地跌坐在身後的床上，任由淚水如泉水般湧上她的眼眶。她自問：我現在究竟該怎麼做？

即使她搬遍了埃及所有的大小城市，試圖遠離王宮並融入任何一個族群，卻似乎永遠擺脫不了那法亞媞一出生就註定好的命運。當朝的法老王喜好沉浸在美酒與美色裡，也因此造就了埃及內部的腐敗，就連百姓們都無所不用其極地想要將美麗的年輕少女進貢到法老王的面前，希望能藉此為自己的階級加冕。這樣的民情迫使她們必須搬回來美女如雲的首都——錫比斯城居住，並期望那法亞媞的美貌在這座城市裡不會引人注目，以致於她可以逐漸過個正常人般的生活。

但如今看著那法亞媞漸漸地變成一個令人難以抗拒的女人，若亞再也不相信自己有辦法掩飾她出眾的美貌。所以她只能自問：難道王宮真的是她註定該去的地方？這個念頭讓若亞感到惶恐，因為從那法亞媞出生的第一天，她就已經預見她註定終結在王宮的命運。也正因如此，她才會千方百計地想要讓那法亞媞遠離王宮。但事到如今，好像不管她做了多少的努力，卻永遠敵不過命運的安排。

王宮……若亞一聲長嘆；那真的是屬於那法亞媞的地方嗎？

她已經可以預見那法亞媞的美貌會在王宮裡製造出多少的事端。倘若她又像自己一樣有預測能力的話，那麼那法亞媞在宮裡的未來便是她無法想像的。因為單憑她奴隸的身分若是擁有祭師的能力，恐怕會遭人眼紅而落入女巫的罪名而被處決。抑若是她的存在讓王后發現的話又會是什麼樣的命運？畢竟，王后才是她所有恐懼的源頭，因為她正是若亞盡其所能、急欲躲藏的對象。

隨著淚水盈滿她的眼眶，若亞清楚地知道她再也沒有任何的能力可以替那法亞媞決定任何的未來。現在的她只能期望上天能眷顧那法亞媞，讓她沒有任何進到王宮的機會。

因為那將會是一個她再也無法預測那法亞媞未來的地方……

她恨透了自己！

那法亞媞隨地拾起了一塊石頭丟到河裡，順勢地破壞掉水中的倒影。她向來不喜歡看見自己掉眼淚的樣子，因為那總會讓她意識到自己的軟弱。

水波紋慢慢地回復到平靜，緊接著映照出她一身美麗卻又需要隱藏的特質。雖然她從小與母親相依為命，根本不知道外人對於美麗的評價標準究竟是什麼，但是她很確定的一點就是：只要在她身上的每一項特質，全都是她厭惡至極的。

她低頭望著水中的倒影，即便是覆蓋著層層的污泥，她依舊可以清楚地描繪出身上所有需要掩飾的特質——細滑的肌膚、明亮的雙眼、尖挺的鼻子以及飽滿的唇瓣。但她卻從來沒有辦法像個正常的女孩一樣，拿著一張乾乾淨淨的臉出去見人，反倒每天只能與污泥、惡臭為伍。這也是為什麼她從小到大不知道要如何愛自己，只學會要如何討厭自己。也不知道母親既然要如此貶低她的個人價值，又為什麼要試圖以愛的教育來養育她。為什麼她不能活得像正常人一樣有尊嚴，卻得像個過街老鼠般苟延殘喘？

難道成為一個正常人真的有這麼困難嗎？她自問；她只不過是想要像所有的埃及人一樣過著平凡簡單的生活罷了，但為什麼對人們來說如此理所當然的事，卻成了她最遙不可及的夢想？

王宮……

她抬頭望向遠方那座聳立在高坡上的宏偉建築。因為母親的關係，她一直以為王宮是個猶如地獄般水深火熱、根本沒有人膽敢靠近的地方。卻從來沒有想過，如今置身在錫比斯土地上所看到的王宮竟然是如此的宏偉壯觀，高聳的雕像配合著寬大的石柱與建築，就連置身在城外也可以清楚地看見它的美麗。它對埃及人民來說是種象徵，也難怪當地人總是把王宮比喻成天堂。

只不過自從她們搬到了錫比斯城以後，每當她抬頭望向遠處的王宮時總是難不免地自問：我的父親就住在那裡面嗎？如果有一天能夠進入到王宮裡面工作的話，是否有機會會見到他呢？

其實她很清楚地知道自己想要了解母親與艾伊的過去並不是為了貪圖榮華富貴，也不是想要貪求什麼名分。只不過一直以來，她一直想要找個方法可以讓母親的生活豐裕一點，並且遠離這種顛沛流離的生活。然而這樣的生活除了與王宮有所連結之外，幾乎沒有任何的方法。

此外，她也很想認識自己的父親。無論母親不下千次地交待艾伊是她一輩子都不想要有任何瓜葛的人，但她卻無法抑止內心那種想要尋根的渴望，更無法否認體內流著的另一半血液。

隨著淚水盈滿她的眼眶，那法亞媞沮喪地拾起一顆小石子再度使力地丟向水面。如果她一輩子得活得像現在這樣污穢不堪的話，那麼想要進到王宮就絕對是個永遠不可能成真的夢想……

「妳似乎很不喜歡自己？」

一道輕柔的嘲笑聲突然打斷了那法亞媞所有的思緒，使得她急忙自河岸邊倏地起身，低著頭想要在還沒有跟那個陌生人照面之前儘快離開。但沒有想到在與他擦身而過的時候卻讓他一把捉住了臂膀，這讓她反射性地抬起了頭，卻驚訝地看見那雙稍早在市集見過的褐眸。

傑洛克的臉上也跟著出現同樣的驚訝，但他的表情很快地便讓一抹誘人的微笑所取代。「世界真小。」他輕嘲：「我想，這應該是諸神要教導妳禮儀的方式吧。再怎麼說，妳還欠我一句『謝謝』。」

謝謝？那法亞媞輕蹙了眉頭，因為她壓根不覺得自己虧欠了他什麼。稍早的事分明是他自己多管閒事愛插手，現在又憑什麼要她向他道謝？所以她緊抿著雙唇不想回他的話，同時用力地扯著自己的手臂想要從他的手掌中掙開。可惡的是那環在她手臂上的力道感覺起來雖然輕柔，但在她的拉扯下卻根本沒有移動過半吋。

她的舉動讓人更加覺得有趣，傑洛克揚著嘴角任由她扯著自己的臂膀。雖說他大可以不要花時間在一個毫不起眼的貧民身上，也可以輕易地讓她走，但不知道為了什麼緣故，她的倔強就是讓人忍不住地想要逗她……

「妳不會說話嗎？」傑洛克挑高了眉頭，心想這大概是最合理的解釋了。因為從他第一眼見到她到現在都還沒有見她開口說過半句，特別是在歷耶的威脅下，就算不回口也會多少吭個一兩聲。但可能因為她真的啞了，所以才會自始至終都沉默緘言，以眼神代替她的抗議。見她一直遲遲不回口，傑洛克好奇地又追加了一句：「還是妳聾了？」

他的話很快地便得來那法亞媞一個白眼，原本的煩燥這會兒又多了份咕噥：這個男人究竟是怎麼搞的？雖然他有張誘人的臉，但大腦卻一點也不成正比。

而她易讀的表情即刻引來傑洛克一聲低笑：「妳顯然不是個聾子。」他向來沒有嘲弄他人的習慣，但不知道為什麼每次只要一遇見這個女孩，骨子裡就有種忍不住想要逗她的衝動。雖說她擺明了是個奴隸，蓬頭垢面又奇臭無比，但是她的身上卻有種他無法忽視的特質，特別是那雙明亮透澈的褐眸……

有那麼短暫的時刻，他倒是很好奇她急欲隱藏在如此不堪入目的裝扮下的祕密究竟是什麼。也隨著胸口那股莫名的渴望，他的另一隻手已在不自覺中朝她的臉部伸去，試圖抹去覆蓋在她臉上的污泥。

「不要碰我！」

他的手還來不及觸碰到她的臉，那法亞媞叱吼了一聲便使力地揮開他逐漸靠近的手。她清楚地知道自己無論如何也不能讓任何人發現她的模樣，特別是像他一樣的陌生人。

但傑洛克卻因為她的聲音而感到錯愕；因為那不但證明她不是個啞巴，也同時讓他發現她的聲音竟有如黃鶯出谷般悅耳。真是讓人愉悅的聲音。傑洛克輕揚了嘴角：「原來也不是個啞巴。」雖說這話聽起來像是句嘲弄，但他的內心卻還殘留著那抹震撼，因為他從未聽過哪一個人的聲音可以像她一樣讓人忘卻所有的煩惱。

意識到自己的失誤，那法亞媞很快地又抿緊了雙唇，用力地想要扯開自己的手，但他無動於衷的模樣卻只讓她更加地沮喪。這個人究竟是怎麼搞的？她不禁咕噥；幹嘛一直捉著我的手不放？

她一臉氣急敗壞的樣子讓傑洛克更加忍不住調侃：「妳真應該學會好好地整理一下自己。要不然等到妳十五歲的時候，大概也等不到任何的婚約。」特別是對於大部分的埃及女人來說，十五歲正是個成年並理應嫁娶生子的年紀。

但他的嘲弄只得來那法亞媞一聲低吼：「我就算嫁不出去也不關你的事。」

她的理直氣壯讓傑洛克先是一陣怔愣，但很快地便噴笑出聲：「看來妳不只要學會如何整理儀容，更是要學會如何控制好自己的脾氣，而不是一開口就像隻母老虎般地到處亂咬人。啊——」

那法亞媞出乎意料地往傑洛克腿上一個重踢，讓他反射性地低身按上自己的腳，也因此讓她有了逃脫的機會。她急忙地逃離他的身邊，一直到確定他沒有辦法追上來的時候，她這才轉頭朝他所在的方向大吼：「不是每一個女人都是天生要來服侍男人的！我不覺得我需要為了吸引婚約而改變自己，更不需要你這個陌生人來多管閒事！你要是真的有那麼多的時間，那就先學會管管好自己，少來找我的麻煩！」說罷，她朝他做了個鬼臉之後，便再度轉身消失在他的視線之外。

傑洛克還來不及做作任何的反應，但他臉上的驚愕很快地便讓一抹誘人的微笑所取代。原本以為自己早就已經忘記愉悅該是怎麼樣的感覺，但這個僅有數面之緣的女孩卻似乎總有辦法挑起他深藏的情緒。

真是個特別的女孩。

隨著心頭劃過的一抹暖意，傑洛克臉上的笑意也逐漸地跟著擴大。雖然一身的污泥，卻莫名地給人一種陽光般的溫暖，猶如清晨的曙光一樣……

第二章

傑洛克決定在回到王宮以前先回家一趟。即使他並不是特別喜歡回到家裡，但由於自己是個獨生子，也是母親唯一的親人，以致於他常常覺得有義務得要回來探望她。

「你回來了。」曼塔蕾在看見傑洛克進門後隨即歡喜地從椅子上站起來迎接。自從傑洛克進到王宮裡工作以後，她的臉上總是不時地掛著此刻般驕傲的表情，平時更是不時地向街坊鄰居們炫耀王后對他的器重，使得錫比斯城裡的百姓們因此總對他敬畏三分。即使這樣的謠言對他來說只不過是個虛華不實的假象，但他終究只能無奈地放縱母親的任性與虛榮。

他的母親出生在錫比斯城裡最低層的貴族。由於年輕的時候曾經與過境的羅馬士兵發生關係，導致於她最後淪落到被逐出家門的命運。在首都的貴族向來是十分驕傲的，別說與低階的奴隸聯姻已足以讓貴族的名譽受損，在毫無政治考量的情況之下與外國人聯姻更是萬萬不行。也正因為母親懷了他的關係，使得她的家族相信她破壞了貴族的純淨血統與名譽而與她斷絕所有的關係。

傑洛克的血統讓他的長相有別於一般的埃及人。他有著羅馬人高闊的顴骨以及明顯五官，體型比埃及人更顯高大寬厚，膚色及髮色也比傳統的埃及人略淺一色。正因為他從小長相就有別於一般的埃及人，使得他從來沒有辦法接受真正的自己。而今最讓他感到諷刺的是，他最不喜歡自己的地方竟全都是堤亞王后的最愛。

他的父親因為不想與母親有任何的婚約關係，所以早在傑洛克還沒有出生前就離開了埃及，使得他從來沒有見過自己的父親。而他的母親在沒有任何家庭援助又獨自撫養一個小孩的情況底下，也漸漸地造就了她今日憤世嫉俗的個性。

曼塔蕾向來無法安於平民百姓的生活，總是處心積慮地想要回復到貴族的身分以報復當初拋棄她的家庭。也因此讓她沒辦法接受任何平民百姓的追求，老覺得以她的身分背景，總有一天會得到某個貴族的青睞。

但事實是，錫比斯是個渴望階級的城市。單憑曼塔蕾的身分與外表根本無法匹配任何的貴族，更遑論她還與異國士兵偷情、未婚生子的行為。只不過她彷彿無法認清這樣的事實，總是活在自己的幻想裡等著某個貴族的救贖，追求著一個永遠無法實現的夢想。

正因為她總是渴望階級的態度，所以當傑洛克被堤亞王后欽選為侍衛兵的時候更是重燃了她的一線希望，就連望著他的眼神裡都不時地流露出一絲的期待……

「多告訴我一點有關王后的事吧。」曼塔蕾的聲音打斷了傑洛克遠走的思緒。

一如往常一樣，曼塔蕾總是急切地想要知道所有有關王后的事。彷彿只要多了解王后一點，她與貴族間的距離就更加地靠近一些。但天知道他根本不想要談到堤亞，更懷疑母親是否知道他要的只不過是平凡簡單的生活。

「沒有什麼好講的。」傑洛克沉了臉後敷衍道：「我只是順路經過，所以進來看一下。也差不多該要回王宮了。」他順手從腰間掏了包碎幣放在桌上，視線也巡望了下這座空洞又四面徒壁的房子與緊跟在母親身後的佣人。他們明明就無法負擔任何奢華的生活，卻不知道母親為什麼又總是堅持要有佣人跟著？但多說無用，母親向來有她令人感到莫名的堅持，所以他只好轉身朝門口的方向走去，試著讓自己遺忘這無由的沮喪感。

「傑洛克」看著傑洛克急著離開的身影，曼塔蕾趕緊撫上他的手臂提醒道：「你一定要切記服從王后所說的每一句話，也永遠不能反抗她任何的命令。」

服從命令……

一句簡單的話卻讓傑洛克的心頭莫名地閃過一抹痛。有時候他真的懷疑母親是否了解堤亞要他服從的命令究竟是什麼？想著，他反射性地緊抿了雙唇，但噁心感卻已急速地擴散到他體內的每一個角落。

「我要走了。」連頭都不轉，他隨即跨步地走出了門外，試圖掩飾臉上那抹不易查覺的噁心感。

真的有這麼難嗎？他聽見內心一聲低問：想要過個平民百姓的生活，老天卻賜給了他一個虛榮浮實的母親，為什麼這個看似平凡的夢想似乎離他愈來愈遙不可及了？

王后的寢宮……

堤亞此時正躺在傑洛克的身邊，以指尖輕劃過他剛毅又完美的臉龐，赤裸的身體緊緊地貼附著他結實的胸膛。傑洛克是個令人賞心悅目的男人，即便是閱人無數的她也還從未見過有誰像他如此的完美，光是將他留在身邊就彷彿收藏了一個稀有的珍寶一樣。這種虛榮感讓她滿意地揚了嘴角：「你的確是個漂亮的男人。」

傑洛克沒有接口，因為他清楚地知道自己在堤亞眼裡微不足道的地位，所以也只能面無表情地直視著天花板，任由自己的思緒漫遊。

其實這樣的關係並不是他想要的。枉論他不認為自己可以滿足堤亞的要求，更恐懼這樣的關係若是被法老王發現後可能引發的後果。只不過他不久便發現法老王已經多年沒有踏進王后的寢宮半步，更不在乎堤亞要求誰來服侍她。

雖說阿門厚德三世是正式被冠冕的法老王，但宮裡的每一個人都清楚地知道堤亞才是政後實質掌權的人。特別是自從阿門厚德三世開始沉迷於美酒與女色後，他根本是完完全全地放棄了執政，任由國政荒廢，再加上膝下的兩個兒子還不及冠冕年紀，使得堤亞順勢地便接掌了所有的政權，進而取代了法老王的權位。

只不過她的野心雖大，埃及貴族卻至今仍無法接受女性稱王的觀念。王室裡的重大職位多半還是以男性為主。雖然說埃及是個母性社會、性別的差異在王宮以外並不明顯。但對於貴族來說，女性的工作該是生育後代以傳承王室貴族的血脈，而不是握著權杖掌管一國的盛衰。

也因為堤亞清楚地知道埃及眾臣不可能拱她為王，所以才總是處心積慮地想要確保阿門厚德三世的沉迷，以繼續坐擁她實而無名的法老王權力。

傑洛克暗想：一個權力如此龐大的女人，大概永遠不會允許自己的未來有任何的阻礙。但這樣的想法只讓他感到更加的苦澀。因為只要堤亞還偏愛他的一天，那他似乎永遠也擺脫不了此刻般暖床的位置。但天知道他常常得要壓抑體內所有的情緒以及感官，才有辦法在床褥間執行堤亞對他的要求。這些年下來，他已經無法分辨體內那股厭惡感究竟是因為堤亞而生，還是因為自己擺脫不了這傀儡的身分而感到無力。

但雖說如此，堤亞的偏愛的確帶給他莫大的便利——特別是在這個權力掌控慾望的世界裡，攀名附貴成了重要的生存工具之一。今日若不是堤亞偏愛他的緣故，相信稍早在市集裡或許根本就得不到歷耶的尊重。想著，他順勢地側頭望向躺在身旁的堤亞。

堤亞其實是個身材嬌小的女人。雖然她的肌膚難掩歲月的痕跡，但時髦的利比亞假髮與華麗的穿著卻讓人猜不出她的實際年齡。此外，她的個子雖小卻是個十分有自信的女人，利銳的眼神總有看穿人似的能力，而時常緊抿又略為下壓的嘴角似乎總是表達著她對這個國家的不滿。

就在這個時候，他注意到堤亞手勢，隨即坐起身示意下人為她斟一杯酒，緊接著將裝滿酒的酒杯遞到她的身前。

提亞接過傑洛克遞來的酒杯，若有所思地輕啜了口酒，一直沉默了許久後才終於開口：「我早上交待你到城裡的事情辦得怎麼樣了？」

傑洛克怔愣了一會兒，隨即以搖頭代替他的回答。

提亞的臉色略顯懊惱地輕嘆：「王已經開始對宮裡的女人失去了興趣，你必須快點找一些新人來分散他的注意力。」

傑洛克沒有接口，因為他清楚地知道提亞一心只想要維持阿門厚德三世的腐敗，並不是真的在乎他找到的是什麼樣的女人。只不過還不等他回口，提亞這便又喃喃自語道：「我必須把陛下寢宮裡的女人全部給換掉，另外找一些新奇又特別的女人來重新轉移他的注意力。那些漂亮的女人似乎再也沒有辦法引起他任何的興趣。他需要的是一個可以讓他覺得不一樣的女人……」

新奇又特別的女人？

這兩個字讓傑洛克莫名地想起了稍早在市集見到的那個女孩。這真是適合她的形容詞，他暗笑。好像只要一想到她，他的心情就莫名地變得愉快，彷彿有什麼魔力可以讓他再度回憶起那些早被他遺忘的情緒。

「你在笑什麼？」看他的臉上出現了自己從沒有見過的表情，提亞輕蹙了眉頭問道。

這讓傑洛克很快地便收起了臉上的笑容，並試圖掩飾內心的情緒，只不過他的動作顯然太慢，一點也逃不過提亞的眼睛。見她似乎不準備放過他的樣子，傑洛克只能不斷地在心裡頭為自己找藉口。或許這正是個最好的時機，他這麼告訴自己：趁這個機會把她介紹給王后，好讓她可以遠離雜亂的市集到宮裡來工作，因為王宮怎麼說也是個較為優渥的工作環境。更何況單憑她的姿色，王后根本不可能把她安排在法老王身旁侍候，倒有可能因為他的推薦而賞給她一個不起眼的工作。等到腦子裡的思緒沉澱，傑洛克這才終於開口：「我今天在市集裡的確遇到了一個特別又有趣的女孩，只不過她太年輕又一身髒，並不適合服侍王。」

堤亞瞇起了雙眼研究著傑洛克的神情，一直沉默了半晌後這才命令道：「帶她來見我！」

雖然傑洛克已經暗喻那個女孩不會是她想要找的女人，但這會兒她倒是想要親眼看看：究竟是什麼樣的女孩會太年輕、不適合服侍法老王，卻特別到可以在傑洛克的臉上製造出她從未見過的笑容。

今天的市集沒什麼人潮……

那法亞媞呆坐在自己的攤位上，視線空洞地鎖在這滿是攤販的街道。這個市集的安排方式與她歷年居住過的許多城市都不一樣。在錫比斯城裡的市集不是以先來後到的順序，而是以年資來安排攤位的。也就是說資歷深的人總是理所當然地擺在市集裡最熱鬧的地方，而資歷淺的人自然而然會被分配到市集的最邊緣角落。由於那法亞媞是異鄉來的新人，所以她的葫蘆攤位就只能擺在市集的最外圍地帶——一個沒有任何人會注意到她的角落。

毫不起眼……

「這四個字真是我賴以為生的座右銘……」那法亞媞不自覺地咕噥道。好像無論她到哪裡、做什麼，都總有辦法置身在最不起眼的角落……

想著，她無奈地嘆了口氣，隨後低頭從推車中拿了顆葫蘆在手心中掌玩。有時候她真的很懷疑自己究竟要賣多少顆葫蘆，才有辦法為母親掙得衣食無缺的生活？即使她已經厭倦這種流離失所、四處逃亡的日子，但除了服從母親對她的要求之外，她根本毫無能力改變任何現狀。

她無奈地抬頭望向遠處那座豪華聳立的宮殿。雖然她像每一個錫比斯人一樣都想要到王宮裡去工作，但是王宮又哪是平民百姓們隨意可進出的地方呢？她自嘲道。大部分的錫比斯人都沒有辦法踏進王宮半步，更何況她還是個蓬頭垢面、衣衫襤褸的異鄉者？

真是可悲。她一聲長嘆。連一個平凡人的生活都過不起的她，又怎麼能期待自己能進到王宮呢？如果這樣的事情真的發生在她的身上的話，那或許就是前所未有的奇蹟了吧……

「這個多少錢？」

一句突而其來的問話斷然地拉回她遠走的思緒。那法亞媞急忙抬頭迎接今天的第一個客人，但話都還沒出口便因眼前的人影而打了住。只見傑洛克此時正站在她的攤位前把玩著一顆葫蘆。但光看他的樣子就知道他鐵定不是來買葫蘆的，所以那法亞媞隨即不悅地開口：「你來這裡做什麼？」

「葫蘆本身就不值幾個錢，這會兒你再加上這身行頭就已經足夠讓客人們退避三舍了。要讓人們知道你還有一骨子壞脾氣的話，鐵定做不了任何生意。」傑洛克抬頭望進她的雙眸，隨後又揚高了眉頭輕笑：「但我很高興妳終於找到自己的聲音了。雖然妳的長相真的很差強人意，但至少妳還有一副挺悅耳的聲音。」

他一句又接一句的評語讓那法亞媞整個臉都皺起來了。這個男人究竟是怎麼一回事？她在心裡頭咕噥道；明明長得很好看，講出來的話卻字字讓人討厭！「差強人意又怎麼樣？脾氣壞又怎麼樣？我早告訴過你，不是每一個女人都以取悅男人為目的！」那法亞媞不客氣地搶過他手中的葫蘆：「你是真的時間太多，所以才老是來找我的麻煩嗎？如果你沒有興趣買我的葫蘆，就請你不要來妨礙我做生意！」

「做什麼生意？」他刻意地望了眼這四下無人的攤位：「我不是跟妳說了嗎？妳這身行頭很難為妳招攬任何的客人。更何況，我這不是在找妳的麻煩，而是在關照妳，」他以爽朗的笑聲回答她的問話：「因為妳已經屬於我的管轄範圍了。」

他的無理取鬧簡直已經到了不可理喻的地步了！那法亞媞瞠大了眼，氣惱地抗議道：「我不屬於任何人！」

「可惜錫比斯城裡沒有這樣的規矩。」他讓嚴肅的話題聽起來像句玩笑：「要是沒有人當妳的靠山，那妳根本沒有辦法繼續在這裡做生意。所以不管妳喜不喜歡，妳都是屬於我的。」不知道為什麼，光是重複這句話竟讓傑洛克莫名地感到滿意。他揚了嘴角後又接口：「不過既然妳是屬於我管的，我倒是有份比賣葫蘆更適合的工作要介紹給妳。」

那法亞媞原本準備離開的動作，在聽見他如此突而其來的提議之後也不自覺地停下了來。

「工作？」她瞇起了雙眸，轉頭狐疑地望向他後開口：「什麼意思？」

傑洛克揚了嘴角：「這份工作可以讓妳換掉那一身臭得可以的衣服，也不用天天推車到這裡來看人臉色。只不過在妳得到這份工作以前，王后得要親自見妳一面。」

「王后？」那法亞媞從不認為自己與她會有任何的交集：「她為什麼要見我？」

「她得要見過妳之後，才能決定妳適合什麼樣的工作。」

傑洛克的話的確讓她遲疑，再加上他聽起來總像在開玩笑的口氣更是讓她無法分辨他話裡的真實性。她究竟有什麼資格可以為王后工作？她甚至連過個平民的生活都是種奢求：「我不認為自己可以為王后做些什麼。」這雖然是句實話，但聽起來卻像是她對自己的一種質疑。

但傑洛克只是回了抹誘人的淺笑：「那會由王后來決定。但我相信這可能是妳一生中唯一可以在王宮裡工作的機會。或許妳寧願餘生都在這裡賣葫蘆，但妳的心裡很可能會永遠記得這個連試都沒有試過的遺憾。我沒有辦法讓這樣的事情天天發生，所以希望妳寧願試過也不要錯過。」

他說的沒有錯，那法亞媞暗想道：她的確很想去王宮裡工作，因為那可以改變她現有的生活，更可以改善母親的生活品質。她沒有任何進到王宮的方法，而傑洛克所提供的正是這個機會。所以她猶豫了許久後終於抬頭問道：「王后什麼時候想要見我？」

傑洛克停頓了一會兒，但很快地便以肯定的語氣回答：「現在。」

現在?!那法亞媞隨即望了眼自己一身的打扮，面有難色地支吾道：「我……還沒有準備好。」事實上，她根本不認為自己有任何稱得上「準備好」的打扮，但或許她可以先洗掉臉上的污泥，更甚至是把刻意弄亂的頭髮梳理得整齊一些……

「我並不預期妳隨時準備好去晉見王后。」傑洛克若有所指地朝她從頭到腳審視了一遍：「所以早準備好將妳先帶到宮裡，請下人幫妳打理一遍。但是光看妳現在這個樣子，大概得花上半天的時間才有辦法整理好。」說罷，也不等她反應，他直接握上她的手便拉著她朝王宮的方向走去。

王宮……

透過傑洛克寬厚的肩膀望向那座遙不可及的王宮，那法亞媞怎麼也無法相信自己正慢慢地朝它的方向走去。那是母親千方百計想要讓她遠離的地方，但也是所有錫比斯人夢寐以求的地方。如果真的能夠到王宮裡工作，那不正是她從不敢幻想的奇蹟成真嗎？

第三章

「天啊～我從來沒有看過有誰像妳這麼髒的！就連個奴隸，也不會在臉上塗上這麼厚的一層泥……」那法亞媞聽見一旁的女僕咕噥道。

傑洛克一帶她進到王宮便交待這兩個女僕即刻幫她梳裝打理。她們兩個看起來似乎只有大她幾個歲數，身上還穿著她從未見過的亞麻裙衣。她們的手腳利落，很快地便洗淨她一身看似結疤的污泥，更甚至是試圖梳理那一頭日夜與污泥為伍，又雜亂無章的髮絲。只不過光是從一個女僕的表情看來，她就可以很清楚地知道她一點也不喜歡傑洛克交待給她的工作。所幸一位女僕的臉色雖差，另一個卻是笑臉迎人，讓她感到一抹莫名的溫暖。若是她懂得與人交際，那麼那一個女僕鐵定是她第一個想要交友的對象。

但王宮裡有太多太多的事物讓她感到新奇，所以她很快地便忽視另一個女僕的咕噥，轉頭望了眼自己置身的這間屋子。其實說它是房間也不像，因為它看起來像個半開放式的中庭，顯然是讓下人們打理梳洗的地方。這裡的空間很大，遠勝過她擺攤的市集，四周的牆上到處掛著黃銅鏡，而中庭則是座可以容納數十人的水池。這座水池的中央有座如青銅般的噴泉，池裡的水質十分地清澈，底層則是由不同的石子鋪陳，而她的腳底所觸碰到則是讓人覺得光滑舒適的鵝卵石。那法亞媞從小到大還沒看過水如此地清澈，別說尼羅河的河水總是夾帶著污泥，就連百姓們習慣用碎石過濾飲用的水，也總少不了那麼一點黃漬。所以此刻置身其中，讓她不得不因自己一身的污泥染髒了水而感到有些罪惡。

連水都有辦法變得如此的清澈，她暗想道；也難怪錫比斯人總是把王宮形容成天堂。置身其中讓人很難不感到興奮感，她期望自己可以很快地像身旁的兩個女僕一樣在王宮裡工作，也期待自己終於可以擺脫這一身的污泥與惡臭。她真的不敢相信這個她從小被教育要害怕的地方，如今卻成了她夢想成真的唯一管道。

「我的天啊——」

一陣突如其來的驚呼聲斷然地拉回那法亞媞遠走的思緒，她回過神，看到的是那個停不下咕噥的女僕一臉過分誇張的表情：「我真不敢相信妳才十三歲！」

那是什麼意思？

那法亞媞隨著她的視線望向身前的黃銅鏡，驚訝地發現那是一個她從未見過的女孩。那女孩看起來比她想像中還要來得成熟許多：她有著高挑、削瘦的身子，絲綢般的黑髮以及金棕色的皮膚，就連那雙熟悉的褐眸都讓她覺得格外的陌生。

這是我嗎？

「我們該走了。」還不等她反應，另一個女僕便已經拉起她的手朝門口的方向走去：「花了這麼久的時間，傑洛克肯定是等得不耐煩了。他還在外面等著把妳帶到王后面前呢！我們再怎麼讓他等也絕對不能讓王后等啊！」

「如果傑洛克知道我們必須從她身上清理掉多少的污泥的話，」另一個女僕回口：「那他鐵定就會理解我們已經盡力而為了！」

為什麼一個人的背影看起來可以這麼的孤獨，又充滿那麼多的悲傷？

那是那法亞媞在看到傑洛克背影時的第一個想法，也是她第一次注意到，他的背影竟與他給人的印象完完全全地背道而馳。雖然記憶中的他那張漂亮的臉龐總是盈著陽光般的微笑，但此刻他的身影卻猶如一個流浪異鄉的旅人正追逐著一個永遠無法實現的夢想一樣孤獨。

就像我一樣……這樣的認知讓她怔愣了一會兒，隨即質疑自己為什麼會有這樣的錯覺。傑洛克所擁有的是王后的恩寵以及所有錫比斯人無法擁有的世界，像他這樣的人怎麼可能會有無法達成的夢想呢？

她無法理解自己此刻的情緒，更不敢相信自己竟然會有想要擁抱他的衝動。是因為同情心氾濫才會認為自己可以給他任何精神上的安慰嗎？她的解釋讓她急著想擺脫那種過度廉價的同情；因為她相信像傑洛克這種高傲又無理的人，根本不需要任何人的同情……

「對不起，讓你久等了。」

思緒還未告個段落，女僕的聲音這便拉回她所有的注意力。那法亞媞輕側了臉，就看見那個一直擺著臭臉的女僕繼續抱怨道：「把她整理『乾淨』真的需要很多的時間。」

她緊接著將視線拉回到傑洛克身上，愕然地發現自己竟然很在乎他的反應，整顆心還莫名地糾結了起來，彷彿害怕他不會滿意自己一身的打扮似的。

只見傑洛克在聽到女僕的聲音後這才緩緩地轉過身子，但他的身子卻在與她四目交觸後頓時變得僵直，原本漫不經心的表情也轉換成一抹驚愕。只不過但驚訝的表情很快地便變得深沉，更甚至顯得困惑……

發生了什麼事？

傑洛克的眼神讓那法亞媞滿腹的疑惑，而他的沉默更是讓她感到混身不自在。她相信自己身上肯定是出了什麼問題才會讓傑洛克久久不能言語，而他盯著她看的眼神更像是看見什麼異物似的。別說她向來不習慣別人這麼打量她，傑洛克此刻這般一動也不動地直盯著她瞧，更讓空氣中彌漫著一抹尷尬的死寂以及讓人無法解釋的情緒。

但她還來不及開口打破那片沉默，便聽見身旁另一個帶笑的女僕這樣炫耀道：「她是不是很漂亮？」那女僕的嘴裡滿是驕傲：「她根本不需要任何的妝扮，只需要好好地清理一番便足以驚豔眾人了。我相信單憑她現在這個樣子就足以勝任王后所要安排的任何一項工作。」

而那正是他所擔心的事。傑洛克在心裡頭暗咒。正因為他清楚地知道堤亞要尋找什麼樣的人，所以才更不希望那法亞媞可以勝任那樣的工作。原本他只不過是希望能將她帶離混亂的市集，並說服王后能在宮裡為她安排一個下女的工作，但如今看見她去掉污穢後的樣子，他開始害怕王后將派遣她成為法老王的侍寢。

他不知道該怎麼想，也不知道自己下一步究竟該怎麼做。所以一直花了許久的時間，這才終於舉步緩緩地朝她的方向走近。他的注視讓那法亞媞感到心跳加速，她不確定那是什麼樣的感覺，但那急速的心跳幾度讓她以為自己會因此而昏厥。

「為什麼？」傑洛克的語氣裡滿是疑惑：「為什麼要把自己偽裝成那副不堪入目的模樣？」

他的問題讓那法亞媞輕蹙起眉頭，這個問題她同樣問了母親不下千次了，不也是得不到任何的答案？這樣的偽裝對她來說就猶如基本的生存法則一樣：「不為什麼，」她聳聳肩回答：「只不過是一種習慣。」

「為什麼？」傑洛克不能理解這樣的習慣究竟從何而來。

「這不是我可以回答你的問題，」她坦白道：「因為從來沒有人給過我任何的答案。但如果你真的需要一個解釋的話，我的母親相信我的偽裝可以為我省去不少的麻煩。」雖然她從來不知道母親口中的「麻煩」究竟是什麼。

但那法亞媞漫不經心的回答卻得來傑洛克一聲淺笑：「看得出來。」他深表贊同：「妳的確有張很容易招惹麻煩的臉蛋。」他臉上的線條因為微笑而柔和了許多，也隱約地滲透出一絲暖意。特別是在那一個當下就好像陽光照進她的心裡頭一樣，讓她的靈魂深處感到一抹前所未有的溫暖。

「傑洛克！」女僕的聲音頓時拉回他們的注意力，兩人不約而同地望向那女僕，只見她伸手將那法亞媞稍推向傑洛克後提醒道：「王后還在等你，你不應該讓她久候才對！」

女僕的提醒讓傑洛克好不容易放鬆的身子在瞬間又顯得僵硬了起來，但他試著壓下那抹情緒，轉向那法亞媞後又問道：「妳叫什麼名字？」一直到現在，他才發現自己還不知道她叫什麼名字。

他低沉的語調讓她的心頭產生一股前所未有的心動，她沒有時間去研究那是什麼樣的感覺，只是遲疑了一會兒之後才終於開口：「那法亞媞。」

「美麗的曙光已到？」他輕輕地重複著她的名字，嘴角也不自覺地半彎：「很適合妳的名字。」

適合我？這樣的評語讓那法亞媞感到困惑，因為她從來不認為自己可以與美麗的曙光相提並論，更遑論長期遮蓋在污泥底下的她根本沒有照亮任何人的能力。

但傑洛克一點也沒有注意到那法亞媞臉上困惑的表情，反倒是揚著半彎的嘴角又重複了次：「……那法亞媞。」

奇怪的是，她竟喜歡他如此低喚她的名字。只不過他此刻的樣子反倒比她更像道溫暖的陽光，除了暖到她的心窩之外，更讓她的心跳加速、加速血液在她的體內竄流。她甚至懷疑自己此刻的臉鐵定紅得像顆熟透的蕃茄一樣。

也在這個時候，傑洛克傾身握住她的手之後便開始轉身往長廊的另一個方向前進：「想辦法不惹人注意吧。」他低語道：「雖然我現在希望自已從來沒有把妳帶進宮裡來，但是王后確實在等妳。我們現在只能期望她看不見我眼中的妳，並且不會交付妳任何的工作。」他輕嘆後尾隨著一聲低喃：「或許妳的母親是對的，工宮才是妳最需要保持距離的那個『麻煩』。」

他這話是什麼意思？

那法亞媞根本完全無法理解他話中的含義，也不能理解他為什麼會不希望她能進到宮裡來工作。她是不是又做錯了什麼？還是她根本達不到堤亞所要求的標準？隨著腦中漸漸高築的問題，她愈來愈覺得混亂了。

她究竟要看到什麼時候？

堤亞王后從傑洛克將她帶進王后寢宮之後就一直目不轉睛地上下打量著她。雖然那法亞媞已經盡可能地壓抑內心的情緒，但王后那種毫不客氣又略帶輕蔑的審視眼光還是讓人感到全身的不適。事實上，她一點也不喜歡這樣的感覺，更訝異自已根本就不喜歡眼前的王后。或許她之前對「王后」有種假設概念，認為「王后」該是個和藹可親並且莊嚴美麗的女人，但此刻坐在她身前的堤亞卻與她當初的假設完全背道而馳。

堤亞是個嬌小的女人。她身上穿著非常細柔的亞麻裙衣，胸前環帶著精緻雕刻的黃金胸飾，頭上更是帶著時下流行的利比亞假髮，她的打扮讓她看起來年輕了許多。只不過她的樣子雖然很漂亮也很吸引人，但是那一雙銳利的眼睛卻顯得格外地突兀，還有那雙下壓的唇瓣更是強烈地顯現出她內心的不滿。從她的眼裡，那法亞媞幾乎看不見任何的尊重。

想著，她很快地又悄悄地審視了整個王后寢宮，這寢宮裡雖然富麗堂皇，四周的牆面上到處雕刻著由黃金裝飾的壁畫，但四周的死寂卻讓她輕易地注意到每一個人臉上難掩的恐懼。而這正是那法亞媞覺得困惑的地方；華麗下包裝的是恐懼，而王后的權力則是明顯地建築在人們對她的恐懼之上。

就在這個時候，她注意到傑洛克示意的手勢，所以很快地又將注意力拉回到堤亞身上。只見堤亞還是慵懶地坐在躺椅上以好奇的表情打量著她。一直過了好一會兒，這才終於輕揚唇角後開口：「傑洛克，她……就是你說的那個女孩？」

那法亞媞看見傑洛克很快地半弓了身子，似乎花了好長的時間才聽見他回答：「是。」

傑洛克此刻的樣子讓她感到格外的陌生。或許是因為習慣了他總是調侃她的樣子，所以他此刻的僵直讓人不禁懷疑他需要多少的壓抑與偽裝。她甚至懷疑王后是否曾經看過他的笑容－那如沐春光又幾度讓她目眩神迷的微笑……

「很好。」堤亞連笑聲都有種懾人的尖銳，只見她這才慵懶地自躺椅上站起身並緩緩地朝她的方向走近。她的雙眼直盯著那法亞媞，嘴角上還是那抹令人十分不舒服的笑容：「她確實是還太年輕，但也的確夠與眾不同。」

那是什麼意思？那法亞媞聽不懂堤亞話中的含義，只認為這世界上沒有什麼工作是她做不來的，所以她自信地挺直了胸膛回望堤亞的注視，但這樣的舉動卻讓堤亞的眼裡快速地閃過一抹厭惡。只見她猶豫了一會兒後開口：「妳叫什麼名字？」

「那法亞媞。」

她的回答讓堤亞楞了一會兒，但她很快地調整了表情後又問：「幾歲？」

「十三。」

「十三?!」那法亞媞的年紀顯然比堤亞預設的要年輕了許多，但她臉上的驚愕很快地便讓原先那抹令人不適的笑容所取代：「我倒是迫不及待地想看看妳十五歲的時候會變成什麼樣子。」

那法亞媞輕蹙了眉頭；雖說十五歲是埃及女人成年婚嫁的年紀，但她從不認為自己的外表會因為年紀的增長而有所改變。腦子裡的疑問還來不及沉澱，堤亞這又正色嚴聲地問道：「妳知道我是誰嗎？」

還不明顯嗎？那法亞媞暗自咕噥地點頭：「知道。」

「那麼，」堤亞挑高了眉頭：「難道妳不怕我會因為妳看我的眼神而殺了妳嗎？」

那倒是個那法亞媞從未想過的可能：「我並不知道我的眼神冒犯了您。」

她的坦率與誠實的確令堤亞感到驚訝。雖說像她這般無知的下人大多逃不過死亡的命運，但此刻這個女孩帶給她的娛樂效果卻遠勝過於污辱。只不過這倒是令她好奇：「妳難道不怕死嗎？」正因為她主宰的是每一個人生死的權力，以致於為什麼每一個人都害怕冒犯到她。

但那法亞媞卻回答：「我應該要怕嗎？」她無法理解那樣的恐懼：「生命的長短不是決定在我的手裡，也不是任何人可以預防的，所以一味地害怕死亡不正是種浪費時間的行為嗎？」至少她很確定的是，恐懼只會阻止人們繼續朝著生命的方向前進，並且沒有辦法活出真正的自己。就拿她的母親來說好了，不正是活在恐懼下的最佳實例嗎？

堤亞望進她無懼的褐眸，對於一個十三歲的小鬼膽敢在她的面前說出這種話而感到有趣。「很好！」堤亞尖銳的笑聲再度打破了空氣中的死寂：「傑洛克說的沒錯，妳的確是一個特別又有趣的女孩。」

那法亞媞不確定那是一種稱讚，只不過在她還來不及做任何的回答之前，堤亞早已轉向一旁的傑洛克命令道：「傑洛克！現在就帶她到凱德那裡，她自然會安排適合的職務給她。」說罷，她明顯地對那法亞媞失去所有的興趣，轉身便朝躺椅的方向走了回去。

「等一下——」那法亞媞在傑洛克還來不及反應之前便大叫出聲。這不但讓傑洛克怔愣，更是讓堤亞停下了腳步。

堤亞沉了臉，並緊抿了雙唇以克制怒火在胸口爆發。因為從來沒有人膽敢用那種口氣叫住她，更遑論這賤民還是在沒有經過她允許的情況下開口。堤亞極緩慢地側了身子，以厭惡的眼神瞪向那法亞媞：原來這個女孩的無知已經到了愚蠢的地步！她瞇起了雙眼等待著那法亞媞開口，很確定這一刻若不是因為她還有點利用價值，她鐵定會命令侍衛拖她下去砍頭。

「我……」注意到堤亞眼裡的怒火，那法亞媞原本想說的話倒全卡在喉間：「我的母親……還不知道我來王宮的事。」

竟然是為了這種雞毛蒜皮事?!堤亞不耐煩地皺起了眉頭：「我會派傑洛克去通知她。」

「那不可以——」那法亞媞反射性地回嘴，因為她清楚地知道母親絕對不會允許她到王宮裡來工作。

有那麼一秒鐘的時間，堤亞甚至考慮自己根本就不需要這個女孩。一個平民百姓竟然膽敢如此挑戰她的權力？她咬牙切齒地強抑了胸口極欲爆發的憤怒：「妳知道，」她警告道：「你的無禮正在挑戰我的極限。」

「我很抱歉必需如此冒犯您。」那法亞媞很快地道歉道：「但我們剛搬到錫比斯又舉目無親，從出生到現在我一直跟母親兩人相依為命。如果我真的要來王宮裡工作，至少要親口告訴母親這個消息。」

堤亞沒有立刻回話，只是沉默了許久這才終於開口：「明天！妳明天就去找凱德報到，在中午以前回到這裡來見我！」說罷，這才又轉向傑洛克斥吼：「傑洛克！現在就把她給我帶出去！」

那法亞媞無懼的眼神讓堤亞感到莫名的光火，因為自從她當上王后之後就從來沒有人可以讓她感到有所威脅。今日若不是這個女孩對她來說還有點利用價值，她肯定會毫不猶豫地置她於死地。

堤亞的語句才剛落，傑洛克二話不說地便拉起了那法亞媞的手，頭也不回地朝著寢宮外的方向離去，讓她根本沒有任何可以開口說話的餘地。因為他清楚地知道，自己的動作要是再慢一點的話，那今日鐵定會成了那法亞媞的忌日……

第四章

他為什麼那麼生氣？

自從離開了王后的寢宮之後，那法亞媞的視線就一直落在傑洛克身上。她可以清楚地看見他臉上的憤怒，也可以感覺到他加重在手腕上的力道。特別是他箭步如飛的速度猶如在逃命一樣，讓那法亞媞幾乎要小跑步才跟得上他的腳步。

即使已經走出了王后寢宮，他依舊不發一語，也沒有緩慢步伐的準備。更不用說他滿身的怒火好似要用盡了所有的力氣才可以抑制它爆發一樣。但也正因為他的憤怒來得無由，所以那法亞媞才會不停地自問：他究竟是為了什麼事而將自己氣成那個樣子？

傑洛克握著她的手直直地往長廊的盡頭走去，一直等到他們完全地走出了王后的寢宮，再也見不到任何侍衛的時候，他這才急轉了一個彎，將兩人帶進了一個沒有人可以注意到的角落。也在那一刻，他似乎再也沒有辦法壓抑體內的情緒，手才一鬆開便忍不住地對她大吼：「絕對不准再做出那樣的事！不准用那種口氣跟王后說話！不准直視王后的眼睛！更不准對王后的指令有任何的反抗之意！妳知不知道妳剛剛的行為差點讓自己喪命?!」他的呼吸急促，語氣中的指責像是她剛剛犯下什麼不可饒恕的罪行一樣。

那法亞媞輕蹙起眉頭，根本不認為自己做錯了什麼。說話的時候看著對方的眼睛有錯嗎？總要看著才能夠清楚地知道對方所要表達的意思究竟是什麼吧。如果這是基本的溝通方式，那麼身為一國之尊的王后又怎麼會因為她的注視而受到冒犯？更何況她一點也不覺得自己有錯，如果她真的要到王宮裡來工作，那麼她自然有必要親口告訴母親這個消息。如果會因為這樣而受到死亡的處分，那也是她自己的事啊，他又在生什麼氣呢？「就算我真的會因此而喪命，我也看不出來你為什麼要這麼生氣！死的人又不是你。」她咕噥道：「如果我真的做錯了什麼而必須面臨死亡，我並不害怕去承擔那樣的後果。」

很顯然，不是嗎？傑洛克暗咒：真不知道她不怕死的個性到底是件好事還是壞事？但當初不正是因為她對歷耶的威脅一點恐懼也沒有，所以才會吸引他的注意嗎？這真的是他的大意！他暗嘆。當初把她推薦給王后之前就該先想到這一點。而今這個吸引他的特質卻成了很可能置她於死地的關鍵，而當初想要帶她遠離雜亂的動機，如今卻成了帶她進入危險的推力。傑洛克的腦子一片混亂，一直沉默了許久之後這才終於開口：「我知道妳並不害怕死亡，但那並不表示別人也能像妳一樣毫無恐懼。」

那是什麼意思？那法亞媞顯得有點困惑：「你害怕嗎？我的行為會造成你的死亡嗎？」

望著她真誠的雙眼，傑洛克開始清楚地知道自己害怕的究竟是什麼……「我擔心的是妳，」他一聲長嘆：「妳的死亡讓我感到恐懼。」

我的死亡？那法亞媞望進傑洛克滿是擔憂的雙眸，不能理解在他們甚至不認識彼此的情況之下，她的安危為什麼會造成他的恐懼？

但隱藏在恐懼下更深層的是種罪惡感。傑洛克怨恨自己竟然不能看清她的偽裝，當初以為她只不過是出生在貧困家庭的奴隸，介紹她到王宮裡工作可以幫助她遠離那種民不聊生的日子。但如今看到她這個模樣，他清楚地知道堤亞計劃將她安排在什麼樣的職位，更無法想像她進到法老王寢宮工作後的未來。

思及此，他只能再次長嘆，隨後無力地傾身將頭靠在牆上，順勢地將她瘦弱的身影籠罩在自己的陰影下。有那麼一剎那的時間，他希望自己有那個能力可以像此刻的影子一般保護她。

「我真的很抱歉。」他無法掩飾內心的歉意，因為他清楚地知道將她帶進宮裡是件非常錯誤的決定。只不過現在王后都已經下了命令，那麼這件事便已經超出他可以掌控的範圍。

「為什麼要向我道歉？」那法亞媞看不見任何的理由。

但傑洛克的臉色只是更顯深沉：「因為我不應該把妳帶到王宮裡來。」

「為什麼？」她顯然無法認同：「能進到王宮裡來工作是每個埃及人的夢想，我應該感謝你為我製造這個機會才是，你又為什麼要向我道歉？」

但這叫他該如何解釋呢？傑洛克除了長嘆之外根本不知道該做何反應：「總有一天，妳會埋怨我此刻做的決定。」

「我不這麼認為。」她堅持：「因為跟你進來王宮也是我自己的選擇。」

但傑洛克卻無法認同她的說法，表情已隨著思緒黯然。為王后尋找法老王的侍寢對他來說已是件艱難的工作，而今讓一個無辜的女孩捲入這漩渦裡又叫他如何釋懷？他應該比一般百姓更有自覺才對。今日要不是因為他的錯誤判斷，王后又怎麼會知道她的存在？或許繼續偽裝她的美麗，在鄉間市道裡生活才是最適合她的……

他閉上眼睛感受著胸口逐漸擴散的悔意，隨後在她額上的低喃猶如是對她的一種承諾：「我會盡我所能地保護妳。」雖說如此，但他清楚地知道在王室貴族的權力底下，他的能力永遠有限。

那法亞媞還是無法理解他的歉意，更不清楚為什麼他與母親都覺得有義務要保護她。整個王宮裡除了一個令人感到不舒服的王后以外，她根本看不見任何危險的東西。既然如此，他們急欲讓她遠離王宮的目的又究竟是什麼？此刻她覺得這可能是她十三歲的腦子永遠無法解開的謎。

「妳在幹什麼？」

傑洛克看著那法亞媞蹲在河邊，慢慢地弄髒自己好不容易乾淨的臉。一直到現在他還是沒有辦法理解；大部分的女孩子不是應該竭盡其所能地展現最好的一面以求得到男人的注意與追求嗎？但為什麼眼前的這個女孩卻絲毫不想引起任何人的注意，反倒還竭盡所能地讓自己變得不堪入目？他輕皺起眉頭，即使他再怎麼不喜歡她天使般的臉龐以及絲質般的黑髮讓污泥覆蓋，他依舊沒有權力可以干涉她的決定。

只不過看著她慢慢地回復到第一次在市集相遇的模樣，他倒希望自己當初能夠這麼帶著她到王后的面前，那麼她的不堪入目或許會讓王后對她失去興趣，使得一切都能照著他原本的計劃進行。

「你不會了解的。」那法亞媞隨手又在臉上抹了層污泥抱怨道。

「那就試著讓我了解。」傑洛克建議道。不知道為什麼，他的內心突然有種想要更進一步了解她的渴望。

那法亞媞朝他望了眼，一直遲疑了好一會兒這才終於開口：「我的母親並不喜歡我……乾淨。」

「為什麼？」她的回答讓傑洛克輕蹙了眉頭。在錫比斯城裡，一個漂亮的女兒就如同衣食無憂的籌碼一樣。一旦得到貴族們的賞識便足以將他們奴隸的身分提升到貴族的階級。或許正因為「成為貴族」一直是他的母親仰頸期盼的夢想，所以那法亞媞此刻的舉動才更加讓他感到困惑。

只見那法亞媞掙扎了許久後才又接口：「她相信如果我保持乾淨的話，只會引來更多的麻煩……或者她稱之為『災難』。」

這話立刻引來傑洛克一聲低笑。他頓時可以理解她的母親為什麼要想盡辦法遮掩她的容貌，因為她的確有張很容易招惹麻煩的臉。

而他的低笑很快地便轉換成爽朗的笑聲——一種清澈悅耳的笑聲。似乎從他有記憶以來就不曾像此刻一樣的開心過。容易招惹麻煩的美貌……他抑不住喉間的笑意暗想：如果他有一個像她一樣的女兒，大概也會想盡辦法偽裝她的容貌，以免招惹太多沒有必要的麻煩。更何況她還有一身很容易招惹事端的個性。

他的笑聲雖然爽朗，但那法亞娖卻一點都看不出笑點在哪。所以她白了一眼之後決定暫時忽視他的愉悅，轉身繼續原本的工作。她沒有時間去理會他在笑什麼，因為此刻的她還有更重要的事要做，那就是她必須得盡快想個藉口向母親解釋自己要去王宮裡工作的事。

意識到她臉上的不悅，傑洛克很快地停止了笑聲後又接口：「難道妳不準備告訴妳的母親，妳要到王宮裡工作的事嗎？」他不認為她如此大費周章地裝扮會有助於她宣布如此重大的消息。

但那法亞娖卻連想都不想地回口：「不能告訴她！」

「不能告訴她？」傑洛克半挑了眉頭：「為什麼？」

「因為……」她遲疑了片刻這才終於支支吾吾道：「我的母親一點都不喜歡王宮。她不希望我跟王宮扯上任何的關係。」

傑洛克因為長期在王宮裡工作，所以可以理解任何人不想與王宮扯上關係的原因。但是對於一個平民百姓來說，這樣的心態就未免讓人質疑。「妳的母親……曾經在王宮裡工作過嗎？」

母親與王宮？那是一個她永遠看不到連結的交集。從她有記憶以來，她們母女兩就一直住在埃及偏遠的城市，有些城市甚至荒如虛名，渺無人煙。如果母親曾經在王宮裡工作過，她們又怎麼可能淪落到今日流亡的局面。但相反的，如果母親從來沒有在王宮裡待過，那她又怎麼可能是艾伊的女兒？正因為無所頭緒，讓那法亞媞也只能坦白：「我不知道。」

「妳不知道？」傑洛克蹙起了眉頭。因為大部分在王宮裡工作過的父母總是迫不急待地想要告知下一代。

「我的母親從不喜歡談論她的過去。」那法亞媞咕噥道。正因如此，她才會除了自己是當朝大臣艾伊的女兒之外，對母親的背景根本一無所知。

望著她的臉，傑洛克清楚地了解那種失落。因為他對自己的父親不正也一無所知。「所以，」他試圖轉移話題：「妳準備說謊嗎？我是指……關於王宮的事。」

「我不知道。」那法亞媞不想要思考這樣的事，因為說謊向來不是她的專長，更不用說她從來都沒有說謊的必要。只不過她已經可以預測母親如果得知她要進到王宮工作的消息後會有什麼樣的反應……

她沮喪地從河岸邊站起身，試圖用開腦子裡不愉快的想法。突然又像是想到什麼似地轉頭向傑洛克開口：「或許我可以經常去拜訪我的母親。」她的眼神似乎因此而燃起了一絲希望：「因為你似乎可以隨意進出王宮……」

但她的興奮很快地便讓傑洛克打散，只見他怔愣了一會兒後這才終於坦白：「不行。特別是伺候王室的下人。為了王室的安全，下人在沒有得到獲准的情況下是無法出宮的。」

獲准？她停頓了一會兒：「那需要多久的時間？」

他的雙唇緊抿，似乎需要克服很大的掙扎才有辦法告訴她事實的真相：「幾乎不可能。王室的侍衛與女僕除了伴隨著他們的主人之外，根本不可能離開王宮。」

「但你怎麼……」

了解她尚未出口的問題，傑洛克解釋道：「我之所以出城，是為了完成王后交待我做的事。」

「那是什麼事？」她又問。

「……我不能告訴妳。」或許正因為知道王后遲早會讓那法亞媞遞補法老王侍寢的位置，所以現在的他竟不知道該如何據實以報。

「那意思是說，」她沉了臉色，就連語調都難掩那抹顫抖：「我很可能再也見不到我的母親？」

傑洛克雖然沒有開口，但他的表情卻已經清楚地回答了一切。

而那樣的念頭卻讓那法亞媞不禁質疑：這真的是我要的嗎？為了更好的生活而做出與母親分離的選擇？「如果真的是這樣，」她試圖掩藏住語氣裡的悲傷後又接口：「那我又如何讓我的母親過更舒適的生活呢？如果我永遠見不到她的話，那不管我究竟賺了多少錢，我都……」話卡在喉間，她發現自己竟然沒有辦法接續所有的句子。突然間，那樣的未來讓她感到無措與惶恐，甚至開始懷疑所謂的夢想是否真成了母親口中的夢魘。

為了安撫她的情緒，傑洛克溫柔地低語：「宮中有信差們會專門為女僕與侍衛們傳遞訊息或物品給他們的家人。」雖然他不知道自己能夠為她做些什麼，但他承諾：「我會幫妳的。如果妳有任何的消息想要傳達給妳的母親，我都會想辦法幫妳送到的。」

她暫時沒有心思感謝他的承諾，因為如果王后已經下令要她在明天中午以前回到寢宮報到的話，那她根本沒有任何多餘的時間可以去思考其它的選擇。所以她決定暫時拋開腦裡混亂的思緒，挺直了身子後便轉向傑洛克開口：「走吧。」如果她與母親相處的時間所剩不多，那麼：

「我沒有多餘的時間可以浪費了。」

✧

「我回來了。」

在與傑洛克約定好隔天在河邊見面之後，那法亞媞一進門便看見若亞正在準備晚餐的身影。雖然這是她每天回家最常看到的一幕景像，但只要一想到自己再也見不到母親的可能，這樣的景像竟開始讓她感到無由的感傷。儘管她總是急著想獨立，但她不確定自己是否已經做好了離開的準備。只不過現在說什麼都太晚，因為那已經不是一個選擇，而是她必須服從的命令。

那法亞媞沉默了好一會兒之後這才終於又揚高了聲調叫道：「母親……」

「回來了就趕快去清……」若亞才剛轉身準備把食物端到桌子，卻因為那法亞媞此刻的表情而感到困惑。她放下了手中的食物，返身走向那法亞媞問道：「怎麼了？」從小到大，她還沒有見過那法亞媞臉上出現此刻般的緊張與焦慮。

怎麼了？那法亞媞根本不知道該如何回答這樣的問句，更不知道自己究竟是該坦白還是說謊。重點是，不管她選擇了什麼，若亞也一定看得出她有所隱瞞的，不是嗎？

眼看著若亞眼裡的擔憂因為自己的沉默而高漲，那法亞媞在深吸了一口氣後終於決定開口：「我要去王宮裡工作了。」她的話才一出口便隨即看見若亞的身子因此而變得僵直。

「怎……」若亞的語氣中掩不住強烈的顫抖：「怎麼發生的？」

這是她無法對母親坦白的事，所以只好搪塞：「聽說王宮裡有很多的空缺需要儘快被彌補，所以一些士兵到市集上來招攬人手並且命令我儘快到宮裡報到。」了解若亞對王宮的恐懼，那法亞媞刻意地避開王后與傑洛克的名字。

「我的天啊——」若亞伸手摀住自己的嘴巴，卻抑不住語調裡的恐懼：「這全都是我的錯。我不應該讓妳去市集工作，更不應該搬回來錫比斯！我應該比任何人都還要清楚才對——」

「母親！」那法亞媞按上若亞的手臂試圖安撫道：「沒事的。我只不過是當個女僕罷了，又不會發生什麼事情。而且我們的生活絕對會比現在改善很多的。」

但若亞顯然不這麼認為。她的臉色蒼白，就連眼裡的恐慌更是那法亞媞前所未見的：「不！」若亞猛搖頭並緊捉住那法亞媞的手臂哀求道：「我們今晚就離開錫比斯吧！我們必須盡快地逃離這裡！既然他們一次招攬那麼多的人進宮，那麼鐵定沒有人會注意到我們消失的！我們立刻起程，而且再也不要回到這裡！我不能夠讓妳進到王宮裡去工作——」若亞顯得歇斯底里，彷彿正想盡辦法要避免那法亞媞進宮一樣。

「母親！」這讓那法亞媞忍不住地抬高了音量：「沒事的！我只不過是進宮裡工作罷了，那跟我在市集裡當小販沒什麼兩樣，根本不會有人注意到我的。」

根本不會有人注意到她？若亞瞪大了雙眼，簡直不敢相信那法亞媞竟然會有這樣的想法。她究竟知不知道自己的容貌可以對男人產生的影響力？

宮裡女僕的職務向來都連帶著取悅宮裡男人的責任，這叫她又如何相信那法亞媞的美貌不會在宮內引起任何人的注意呢？恐懼急速地占據若亞的思緒。如果那法亞媞真的進宮裡工作的話，那樣的未來絕對是她不敢想像也無法預測的。「不——」她倉惶地吼道：「我們必須逃——」

「不要！」不等若亞把話說完，那法亞媞已經堅決定開口：「我再也不想要過這種流亡的生活了！」她已經厭倦了這種沒有「家」的日子！她要的只不過是一種歸屬感罷了，為什麼這麼簡單的願望卻總是那麼難達成？「我知道自己在做什麼！也想要在王宮裡工作！我已經懂得怎麼照顧自己了，妳應該相信我有辦法接下去走出自己的路才對！」

她的堅定讓若亞無言以對。明知道自己無法改變她的心意，但若亞卻沒有辦法像她一樣對未來充滿信心。那法亞媞要進宮了。這個句子不斷地在她的心裡頭盤旋，只讓她感到更加的焦慮與緊繃。她發現自己根本沒有能力對抗上天為那法亞媞安排的命運，卻只能任由宰割地接受她無法預測的未來。

無助與無奈快速地占據了她整個心頭。若亞洩氣地垂下了肩頭，似乎掙扎了許久才終於鼓起一點勇氣開口：「什麼時候？」

母親的脆弱讓那法亞媞感到有點無措。她深吸了一口氣，清楚地知道那是另一個若亞不會喜歡的答案：「明天。」

像是被宣判了死刑一般，若亞頓時無力地跌坐至地面，任由淚水如湧泉般落下她的臉頰。她伸手摀住自己的嘴巴，試圖抑止住喉間滿溢的情緒，卻不相信自己有辦法可以表現得堅強。因為她從來無法預期事情的發生竟然會快到連一點心理準備的時間也沒有。

難道這真的是那法亞媞的命運？她不禁自問。雖然她早知道那法亞媞會有進到宮裡的一天，但卻從來不預期會發生得如此快。她進到宮裡頭後的命運一直是她無法預測的，那是不是也代表著她的未來將會在進入到王宮以後結束？

但是就算知道了又能怎麼樣？若亞暗嘆。因為不管她跑多遠又付出多少的努力，她似乎永遠無法阻止命運的發生。

權力、慾望、貪婪與死亡……

如果王宮真的是屬於那法亞娣的地方，那麼此刻的若亞能期望王后永遠不會注意到那法亞娣的存在。因為一旦那樣的事情發生，那法亞娣的未來便沒有後路可退了。

第五章

那法亞媞不確定傑洛克究竟等了多久，但光是看他的樣子便知道他顯然已經在河邊等了一整夜。更別提她今早還特別趕在母親起床以前離開，因為她並不知道該如何面對離別時的感傷。

傑洛克在看見那法亞媞後隨即輕揚了嘴角問道：「還順利嗎？」徘徊了一整夜，他的確很想知道她母親的反應如何，只不過語句才剛落，他便立刻從她的表情得到了答案。

「糟透了。」那法亞媞試圖隱藏自己的情緒咕噥。別說她向來不擅長在人前表達自己的情緒，此時的她根本不想回憶起母親臉上的傷痛，因為那只會讓她為自己的決定感到無由的罪惡感。

只不過傑洛克仍是好奇：「妳向妳的母親坦白到王宮裡工作的事嗎？」

那法亞媞停頓了一會兒之後才終於點頭：「……嗯。」

這反倒讓他感到有點意外。「為什麼？」他又問。特別是花了那麼多的力氣回復到以前的模樣，他以為她會選擇說謊來搪塞她的母親。真是讓人猜不透的腦筋，他不由得想道；如果還是選擇要說實話的話，當初又為什麼要浪費那麼多的時間來裝扮自己？

從來沒有人質問她的行為，更不會好奇她的一舉一動。那法亞媞抬頭望進他的褐眸，不確定他是在消遣她還是真的想知道，所以在遲疑了一會兒之後這才終於嘆了口氣回答：「因為我不會說謊。」

因為她的回答夠坦白，所以傑洛克忍不住失聲而笑：「那很顯然。」因為她的確有雙不能說謊的眼睛。

她或許應該把他的反應當作是一種侮辱，但不知道是為了什麼緣故，她似乎很難對他陽光般的笑容感到憤怒。更遑論他低淺的笑聲又總是莫名地在她的心頭泛起陣陣的漣漪，猶如魔法般在瞬間消除了她胸口所有的陰霾。只不過一想起母親的表情，她還是忍不住咕噥：「……我只是不能理解為什麼母親那麼懼怕王宮。」

懼怕？那法亞媞的話讓傑洛克輕蹙起眉頭，因為那不是一個平民百姓會用來看待王宮的字眼。除非她的母親曾經在王宮裡工作過，要不然根本就不可能會有這樣的恐懼。但他沒有多說，只能以自己的觀感回答：「或許她有很好的理由。」

理由？那法亞媞暗嘖：她何嘗不也希望母親能夠給她一個理由，而不是讓她一直像隻無頭蒼蠅似的活在無知當中。「或許吧。」她難掩語調裡的無奈：「但她從來不願告訴我那個理由究竟是什麼。當所有的人將王宮視為天堂，我的母親卻視它如地獄。王宮之於我，一直是她最不希望發生的夢魘。」

可不是……就連他都不禁感到贊同。特別是望著她美麗的臉龐，他更是懷疑她是否知道自己的魅力足以造成什麼樣的影響力？倘若得到法老王的青睞後會有什麼樣的未來？抑或是在堤亞善妒的掌控之下又將會面臨什麼樣的命運？

像她這樣的女人在王宮裡可能發生的事全都是他不敢想像的。但也正因為他比任何人都還要清楚，所以才更加地無法原諒自己。他不能回嘴，卻只能輕聲附和：「……或許它是。」

「怎麼會？」那法亞媞不敢相信他竟然說出那樣的話：「每一個人都迫不及待想要進去的王宮又怎麼可能是個夢魘？」

「或許……」他坦承：「很多事情都並不如它的表相一樣。」

「那你呢？」她很好奇：「你對王宮也有恐懼嗎？」

「我……」他從沒想過自己面對王宮的情緒究竟算不算得上恐懼，所以在遲疑了許久之後這才終於開口：「對於王宮也有相當複雜的情緒。」

「那是什麼意思？」她不懂：「難不成你也認為我不應該到王宮裡工作？如果是這樣，當初又為什麼要把我帶進宮裡？」

那法亞媞一連串的質疑讓傑洛克頓時不知道該如何接口，他又究竟該如何解釋才不算是種謊言？「因為……」他支吾了半晌：「王宮對於毫不起眼的女人來說或許是條通路，但對於美麗的女孩來說，卻不一定是種幸運。而妳……」

「正是你眼中認為美麗的女孩？」這個字眼對很多人來說或許是一種讚美，但對她來說卻是一生無法擺脫的詛咒。

望著她指責的褐眸，傑洛克只能坦白：「我沒有辦法用美麗來形容妳，因為妳的特質是沒有語言可以形容的。」特別是那過人的膽識以及不受拘束的靈魂，在這受限制的社會裡反而更顯魅力。

「那是什麼意思？」那法亞媞深鎖著眉頭：「為什麼你們的口中的美麗聽起來永遠像是一種錯誤？」

「它不是一種錯誤。只不過當美麗成了王室利用的工具的時候，那它就不會是一種祝福。」

王室利用的工具？那法亞媞不懂；一個擁有一切的王室為什麼會有利用到她容貌的時候？她無法分析傑洛克話裡的意思，只知道美麗這兩個字讓她從一出生就無法過著正常人一樣的日子。

但為了不讓自己陷入怨天尤人的泥沼裡，也不想再解讀傑洛克臉上那抹讓人困惑的情緒，那法亞媞決定暫時將這話題拋到腦後自我安慰道：「會沒事的！你們鐵定都想太多了。王宮裡美女如雲，與她們相比我簡直平凡得毫不起眼，絕對可以輕而易舉地融入人群裡面的。你們所擔憂的事情絕對不會發生在我身上的。」

真的不會嗎？傑洛克只能自問，卻無法像她這般篤定。因為單憑他對王宮的認知，便足以斷定那法亞媞會有什麼樣的未來。所以此刻的他也只能夠低喃：「……希望如此。」

凱德是一個個子矮小且體型稍胖的中年婦女。她有著一張嚴肅又不苟言笑的臉，斑白的頭髮整齊地束綁在腦勺後面，儼然一副主管的模樣。只不過她看起來十分嚴謹的外表所散發出來的氣息卻一點也不像王后那樣讓人感到混身不自在。

傑洛克將那法亞媞帶回王宮後便直接帶到凱德面前。凱德將她從頭到腳審視了一遍，隨即將她交待給幾名女僕打理乾淨，顯然這華麗的王宮根本不能容許一丁點的污泥。這讓她好奇一個從來沒有見過髒亂的王后又如何了解百姓的疾苦？只不過她很快地便撇開那樣的念頭，特別是在見過堤亞之後，她懷疑百姓的疾苦對她具有任何實質的意義。

在經歷過一段梳洗之後，凱德再度將那法亞媞帶回到王后的寢宮，並半躬身地等待著王后更進一步的指示。

若不是此刻又回到王后的面前，那法亞媞差點忘了自己一點也不喜歡王后那種趾高氣昂的感覺。雖然她的個子嬌小，但身上卻老散發著一種讓人不自在的能量，讓人幾乎為了埃及擁有像她這樣的王后而感到可悲。

但她的注意力很快地便讓站在堤亞身後的傑洛克所吸引。不知道是為了什麼緣故，傑洛克的存在讓人感到一種莫名的安心感，或許是因為他是她唯一算是熟識的人，以致於他的出現總能安撫她不安的焦燥……

「凱德！」

堤亞突而其來的叫喝聲尾隨著凱德的巴掌狠狠地落在她的背後，那讓她反射性地彎了身子，卻也看見堤亞因此而揚了嘴角，再度浮現出那抹令人不適的笑容。

「凱德！」堤亞斥喝了聲後命令道：「我要妳盡快地教會她王宮裡的所有規矩。要是她在短時間內還學不會合儀舉止的話，那我就唯妳是問！」

「但她只是個下人，沒有必要……」

雖想要多說幾句，但堤亞的臉色很快地便讓凱德將所有的話吞了下去。自從她擔任宮女主管後就從不需要擔任管教下人的工作。一般被挑選進宮的女僕都得要經過二等女僕培訓過後才可以正式入宮的，但這個毫無禮數的下人卻在沒有任何培訓的情況之下便要安排在法老王的寢室裡工作，這根本是拿她的生命在開玩笑……

「最短的時間！」堤亞的語氣裡所要求的是絕對的服從：「否則我就拿你的頭去供奉尼羅河神！」

這樣的恐嚇讓凱德不敢再有二話，就連喉間的不滿也只能乖乖地嚥下，因為堤亞向來是個說到做到的人，所以她就算再怎麼不願意也只能乖乖地受命。

「王后……」

傑洛克低沉的嗓音在此時唐突地打斷那片死寂，也順勢轉移了所有人的注意力。堤亞的臉上雖然顯現出一絲不悅，但倒也好奇向來不擅言辭的傑洛克究竟有什麼話要說。

只見傑洛克遲疑了一會兒後才又開口：「王既然已經開始厭倦宮裡的女人，那麼與其改變她來迎合宮中的規矩，她現在的樣子不正是她獨具一格的地方？」

堤亞沒有接口，但臉上的表情也隨著思緒染上一抹陰霾。她轉頭望向身前的那法亞媞，沉思了許久後才終於開口：「那好，」她似乎同意傑洛克的論點：「就先這樣吧。」她再度望向凱德命令道：「我要你即刻將她帶到王的寢宮裡去伺候王的膳食。」說完便隨即不耐煩地揮手示意凱德帶她下去，因為她實在沒有多餘的時間浪費在一個一文不值的下人身上。她的容貌或許對許多男人來說都非常具有吸引力，但在她的眼裡卻像個針眼般讓人刺眼。若不是她真有吸引阿門厚德三世的特質，她老早便叫人把她拖出去斬了，免得待在宮裡礙眼。

只不過那也是遲早的事罷了，堤亞暗想道；等到哪天阿門厚德三世對她感到厭倦以後，她便會將她賜給奴隸們糟蹋。等到那個時候，她也鐵定會爬到她的跟前要求賜死。光是這麼一想，她的嘴角便也不自覺地跟著上揚。因為不管她此刻對這個下人有什麼感覺，她終究是個隨手可棄的廢物。她很快地便會知道誰才是這個埃及帝國的主人。

為了怕堤亞王后再度反悔，凱德二話不說地便拉著那法亞媞的手朝門口的方向走去。也是在這個時候，她從傑洛克的臉上看見了一抹不安與釋然。

他究竟在擔心什麼？又為了什麼而大感鬆懈？為什麼那法亞媞老覺得自己怎麼也搞不懂傑洛

克那過於複雜的思緒究竟在想些什麼。只不過在她根本還來不及做任何的思考，凱德這已將她整個人拉出了王后寢宮，獨留下她滿腦子的疑惑。

✧✧✧

「妳一定要確切地遵守這些規矩：在陛下的面前，不可以抬頭、不可以回嘴、更不可以直視他的眼睛。要是陛下的酒杯空了就要立刻倒酒。更重要的是……如果陛下要碰妳的時候，絕對不可以有任何反抗的舉動……」在走向法老王寢宮的時候，凱德仔細地向那法亞媞交待法老王寢宮裡的所有規矩。

即使王后已經下令讓那法亞媞保持現狀，但凱德還是忍不住擔心這個女孩會在法老王寢宮裡破壞了所有的規矩。暫且不管這個女孩會惹出什麼樣的麻煩，她最不希望的就是必須為她的無知負責。

凱德在王宮裡工作了大半輩子，也經手過成千上萬的婢女，卻從來沒有見過像她這樣的女孩。不要說她對宮中的禮儀根本一點概念也沒有，就連基本的階級常識也一無所知。光是看她剛剛在王后面前的樣子，凱德就更加確定自己的質疑。她像是活在一個完全沒有王室貴族的世界，當然，凱德懷疑這個世界上真有這樣的地方存在……

此外，隱藏在她褐眸中的狂野以及那一身無所畏懼的個性都叫人難以忽視。雖說這個女孩的未來讓人難以預測，但潛能卻也同時令人感到好奇。

只不過凱德很清楚地知道王后將她安排在王的寢宮侍候膳食的用意究竟是什麼。因為若是讓她直接成為王的侍寢，她還顯得太過年輕。但若是藉由侍候王的膳食刺激他的感官，日以繼夜也必定會引起他的興趣。

但美貌終是有衰退的時候，一旦等到王對她們失去了興趣，那她們對王后自然也就失去了利用價值。王后向來對這些替王暖床的女人沒有任何的憐憫之心，總是視如廢棄物般地發放給奴隸們糟踏。這也是為什麼法老王寢宮裡的女人們總是想盡辦法地取悅王，以求延長自己的生存機會。光是想到那法亞媞終究也會走到同樣的命運，此刻的凱德也不禁開始為她感到惋惜。

那法亞媞一輩子沒見過像王宮這樣子的地方。從萊姆石牆、天頂、圓柱到大理石地板，這裡的每一樣東西都猶如夢幻般的不真實。華麗的建築讓她不斷地感到目眩，就連腳底下的地面都傳遞著一種如絲質般的觸感。光是從王后的寢宮走到王的寢宮就得要經過一條長廊，左邊是幾近五六尺高的石柱牆，映襯著可以鳥瞰整個埃及的景色，而右邊則是雕刻著法老王在位時種種豐功偉業的萊姆石牆，讓人在步行時也可以感受到王的光輝。

光是置身其中便讓她忍不住揚了嘴角，突然很好奇是不是每一個初進王宮的女孩都有她此刻的反應？這個地方簡直就像個名副其實的天堂，也難怪人們對王宮總有著不切實際的幻想。

她緊接著環視了下四周，注意到法老王寢宮幾乎是王后寢宮的三倍大，所到之處都有不少的侍女與侍衛在走動。

這條長廊正帶領著她們走向一個充滿笑聲的大廳。只不過她們愈是靠近，那笑聲也更顯得格外的高亢與清晰。那是一種她從來沒有聽過的虛假笑聲，音與音相連，而每一個語調都連結著過長的尾音，是一種會讓人感到混身不舒服的語調，以致於每靠近一步都讓人不由得感到心跳加速以及神經緊繃。一直等到她站在大廳門並目睹到廳內的景像，這才發現她得要花上好大的力氣才勉強可以抑下胃裡火速生成的噁心感。

那是一間充滿女人的大廳，裡頭多半是衣不遮體更甚是全裸的女人如蜂群般地圍繞在一個男人的身邊。而他，不難猜想；一定就是埃及的「法老王」吧……

即使屋裡的女人都竭盡所能地想要取悅他，但那法亞媞從來沒有看過任何人的表情可以無聊到像他這種地步，彷彿這個世界上再也沒有任何事情可以引起他的興趣似的。

阿門厚德三世是個體態稍嫌臃腫的男人，此時正衣衫襤褸、慵懶地半臥在躺椅上。即便所有的女人都花枝招展地在他身上磨蹭著，但他仍舊一副漠然的表情望著窗外，對身旁的事一副毫不在乎的樣子，更甚至是顯得有點不耐煩。

那法亞媞長這麼大以來還沒有見過這樣的畫面。但眼前的景像非但不會讓她感到臉紅心跳，反倒還讓一種噁心感不斷地在腹裏翻騰。她一直以為偉大的法老王該是一個極具威嚴且令人敬重的領導者，但此刻在她面前的男人一點也沒有那樣的感覺，反倒讓人難以置信他就是埃及子民理應祟拜的法老王……

「咳。」

一抹輕咳聲頓然地拉回了那法亞媞的注意力，她輕側了頭便注意到凱德要她調整表情的暗示。她只好強忍下腹中的噁心感，調整好表情之後，這才見凱德略揚滿意的微笑，繼續引領著她朝法老王的方向前進。

「我的王，」凱德站在阿門厚德三世跟前，半弓了身子宣布：「王后派了一名新的婢女來侍候你的膳食。」

這樣的事對阿門厚德三世來說似乎是司空見慣了，只見他連抬頭看她的興趣也沒有，還是任由視線鎖在窗外。一直過了許久，這才慵懶地轉頭緩緩地望向那法亞媞。只不過在他們四目交集之際，他的眼神頓時為之一亮，就連先前掛在臉上的無趣感也跟著一掃而空，取而代之的是一種貪婪與慾望。他緊接著瞇起了雙眼，檢視她的眼神猶如在欣賞一道美味的佳餚一樣。好一會兒才伸手做了個手勢，凱德隨即識相地將那法亞媞推向前讓法老王能夠看個仔細。

「我的天啊！她還是個小孩──」

圍坐在王身旁的女人倒抽一口氣的驚呼很快地便讓王舉起的手給打了住。他緊接著將身旁的女人粗野地推開之後，便自躺椅上起身並朝她的位置走近。他滿意地將她從頭到腳地檢視了一遍，眼神裏除了貪婪以外，根本沒有任何一絲的尊重。他看待女人的態度猶如一項貨品，而不是一個獨立自主的生命。

他邪佞的眼神在那法亞媞身上肆無忌憚地遊覽了數次之後，這才終於滿意地揚了嘴角問道：「妳叫什麼名字？」

那法亞媞遲疑了片刻後才終於找到聲音回答：「那法亞媞。」

這回答讓阿門厚德三世怔愣了一會兒，但很快地便讓一抹微笑所取代：「很適合妳的名字。」

這是她第二次聽見別人這麼形容她的名字。她還是不知道這句話是什麼意思，只不過還不等她開口，法老王又問：「幾歲？」

「十三。」

這個回答讓他的表情在瞬間做了一百八十度的轉變，彷彿像是突然發現眼前的佳餚有毒似的，他輕嘖了聲後隨即咕噥道：「還是個小孩子。」雖說如此，但他的眼神還是不停地流連在那法亞媞身上，貪婪地打量著她獨特的外表以及尚未成熟的體態。

「我的王，」凱德打斷他的注視：「這個女僕會從現在開始負責您的膳食。如果您有任何需要的話，隨時可以要求她來服侍您。」她的話中似乎隱藏著那法亞媞無法理解的暗示。

但他卻像是突然間對她失去了所有的興趣，只是不耐地揮手一聲：「退下。」隨後便轉身將身後的一個女人隨手拉進了自己的懷裡，臉上的表情更是明顯地表現他的不悅。而事實上，他的確在生氣。阿門厚德三世的眼裡滿是怒火：全埃及大概也只有堤亞會想出這種點子！竟然想要利用一個比他最小的兒子還小的女孩來誘惑他？這個念頭讓他無由地感到光火，並發誓自己永遠也不會碰這個足歲不滿的女孩，以向堤亞證明自己至少還有點基本的自制力。十三歲？他嘖了聲。他絕對不會讓堤亞的計謀得逞，讓她有任何嘲笑他的機會。

法老王的態度讓那法亞媞頓時間有種如釋重負的感覺，凱德隨即拉起她的手朝門口的方向走去，在宮裡工作這麼久，她清楚地知道自己該什麼時候出現又什麼時候消失在王的面前。只不過那法亞媞在臨走前悄悄地瞄了眼大廳內旖旎靡爛的景象，腦子裡也不自覺地低問：這就是我接下來所要工作的地方嗎？他就是我所要服侍的王嗎？

她懷疑自己是不是有一天也會像大廳裡的女人一樣，迫不急待地把自己貼附到法老王身上。眼前所見與她熟知的世界是如此地截然不同，讓她不禁懷疑這是不是母親急欲讓她保持距離的世界。是不是有一天她也會在這充滿權力與慾望的世界裡沉淪……

那股噁心感再度湧上喉間，座上的法老王令她感到作嘔。她告訴自己：我絕對不會讓那樣的事情發生的。她絕對不允許自己，如此踐踏僅有的尊嚴而成為法老王寢宮裡陪笑的女人。

第六章

傑洛克覺得自己有義務去探視那法亞媞的母親，因為那法亞媞今日之所以會在王宮裡工作，那全都是他的疏忽所造成的。

王宮裡的下人在沒有許可的情況下是不能任意出宮的，他們往往都居住在王宮裡面待命，唯有在主人要求的情況之下才可以離開寢宮。相對的，若是沒有命令的情況下也不能隨意進入任何寢宮，那是為了確保王室安全的方法。

也正因為這樣的規矩，使得傑洛克在那法亞媞被送進法老王的寢宮後就沒有再見過她了。他常常很好奇她究竟過得怎麼樣了。所以每每只要有機會進到法老王寢宮替王后傳遞訊息的時候，他總會藉機尋找她的蹤跡。只不過每一次都落得無功而返，感覺那法亞媞像是在人間蒸發了一樣。

雖然一直到現在他都還無從得知那法亞媞的近況，但心裡卻仍覺得有義務代替那法亞媞來探視她的母親。相信她若是太久沒有那法亞媞的消息，鐵定會免不了為她擔心。

站在這間看似倉庫的土屋房前，傑洛克遲疑了許久這才終於決定伸手敲門。但裡頭一直沒人出聲，害他不禁懷疑自己是不是記錯了位置。因為距離上一次跟著那法亞媞回家也有好一段日子的時間了。所以他又試了幾次，正當他準備放棄而轉身的時候，身後的木門卻在這個時候慢慢地打開。

門後出現的是一位年紀稍長的女士，精緻的臉上不難看見與那法亞媞相似的輪廓。他隨後注意到婦人朝他一身的打扮輕蹙了眉頭，所以趕緊禮貌性地行個禮後開口：「我是那法亞媞的朋友，她託我來拜訪妳。」話才出口，婦人隨即伸手摀住嘴巴以克制喉間滿溢的情緒，然後很快地便側了身子示意他先進到屋子裡再說。

一直等到她把門帶上，傑洛克便聽見那個婦人帶著顫抖的語氣迫不及待地開口：「她……過得怎麼樣？」自從那法亞媞進到王宮以後，若亞就一直迫切地想要得知那法亞媞的消息，只不過她清楚地知道王宮不是一個任何人可以隨意進出的地方，所以也只能乖乖地守在家裡，期望有一天能有人為她傳遞消息。

若亞的問話讓傑洛克停頓了一會兒，但他很快地便決定撒謊道：「她很好。」瞭解那法亞媞不會希望她的母親為她擔憂，所以他又接口：「她只是要我來告訴妳：她過得很好，妳沒有必要為她過度擔心。」

他的話讓若亞如釋重負般地鬆了一口氣。傑洛克也在此時順勢地掏了包碎幣放在桌子上：「她希望妳能夠好好地照顧自己。」雖然他還未曾與那法亞媞碰面，但他很確信這會是她想要為她母親所做的事。但更重要的是，這是他唯一可以為她們母女倆做的事。

望著桌上的錢袋，淚水終於情不自禁地盈上若亞的眼眶。她發現自己有好多話想要告訴那法亞媞，但此刻的她再也不確定自己會有那樣的機會。

突然間，她像是想起什麼似地轉身走回了床邊，並從床底下拉出了一個木箱子，緊接著從箱子裡頭拿出了一把精緻且全銀的小梳子。她一發不語地凝視著那把梳子好一會兒，這才終於轉身走回到傑洛克身前，並將梳子放在他的手裡請求道：「如果你有機會再見到那法亞媞的話，可以麻煩你把這把梳子交給她嗎？」

她遲疑了一會兒，這才又接口：「我希望她能夠好好地照顧自己。」她嘆了一口氣：「她一直都希望像別人一樣乾乾淨淨的，但我卻老是要求她滿身污泥地在過日子。我能夠給她的不多，只希望她最終能過個平凡人的生活。但如果王宮真的是命運的安排，那我會一直在這裏守護著她。」

望著手中的梳子，傑洛克也不禁開始感到疑惑；儘管若亞很努力地想讓自己看起來像個貧民，但這把純銀打造的梳子絕對是一般平民百姓所負擔不起的。但他沒有多嘴，因為不管他有多麼地好奇，仍舊沒有權力去質問他人的過去。所以他點了頭後承諾道：「我會的。一旦我有機會再見到她，我會把梳子交給她。假若她有任何的消息，我也會儘快來拜訪妳。」

「謝謝。」若亞只能感謝道。此刻的她唯一能做的就是衷心替那法亞媞祈禱，希望歷史不會重蹈覆轍在她的女兒身上。

那法亞媞發現伺候阿門厚德三世的膳食並不是一件很困難的工作。因為大多數的時間，他根本不想看見她在他的視線範圍內走動，所以常常在她呈上膳食後便立刻叫她退出寢宮，以致她平常有很多的時間可以獨處，只需要定時回到寢宮打理好膳食就可以了。

一旦她把自己份內的工作做好，剩下的根本沒有人在乎她如何打發時間。法老王的寢宮裡顯然有太多的下人，以致於她的存在就顯得十分的微不足道。也因此，她學會有效地把工作做好，以掙得更多屬於自己的空間與時間。只不過在她不被允許隨意進出法老王寢宮的前提之下，這麼日復一日地做著同樣的事也漸漸地讓她失去了所謂的時間觀念。

在法老王寢宮裡的這段時間，她發現法老王根本一點都不關心國家大事，更鮮少踏出寢宮。宮裡的大臣除非必要才會請求晉見法老王，要不然大部分的時間則習慣去找王后商討決策。

現在想想，從她第一天進宮到現在好像是很久以前的事了。自從被安排到王的寢宮裡工作以後，她就沒有離開過這裡了。有時候她真的很想知道母親過得怎麼樣了，只不過她雖是想念卻又一直苦無方法可以向母親報平安。

想著，她又是一聲輕嘆，隨後抬頭環望了下這座小花園。這座花園座落在王的寢宮後方，隱密地置身在築高的紙莎草後，由於它的毫不起眼而讓園丁常常忘了整理以致於四處雜草叢生。她很驚訝地發現整個寢宮幾乎沒有人知道這座花園，或許是因為它的偏遠，也或許是因為它的髒亂，但正因為無人知曉，所以這裡自然而然地就成了她最喜歡消磨時間的地方。那法亞媞不像其它宮女一樣喜歡成群結黨，反倒享受一個人獨處的時間，因為那可以幫助她排除侍候王時所累積的噁心感。

老實說，她一點也不喜歡阿門厚德三世。對她來說，法老王的尊貴名號只不過是癡肥與無能的假象。只不過在宮裡工作這麼久，她清楚地知道下人的身分根本不允許擁有任何的想法與意見。人們在面對比自己高的階級幾乎是完全的服從，即便是要求他們做出違背意願的事，他們也都覺得甘之如飴。而下人就更不用說了，他們在宮裡根本就沒有任何發言的權力。

相較之下，以前的生活似乎有趣多了。雖然她總是活在污泥底下，卻還能保有真正的自己、思想以及自由。也是一直在進了王宮裡工作以後她才發現，王宮雖然是許多人夢想的地方，但實質卻猶如一座讓人覺得受困又感受不到自由的牢籠一樣。

或許是因為渴望自由的念頭讓她無由地想起了傑洛克。好像自從被送到法老王的寢宮以後，她就再也沒有見過他了。宮裡的下人沒有辦法隨意進出寢宮，以致於她根本沒有機會見到他。雖然她有時候可以從遠處瞄見他的身影，但他總是身影不離地隨行在王后身邊。王后看起來的確是特別偏愛他，也難怪街井市民總是那麼畏懼他。

或許因為整個宮裡上下她只認識傑洛克一個人，以致於有些時候她會發現自己特別想他。

就在這個時候，一道不預期的響聲斷然地拉回她所有的警戒。她反射性地朝聲音的方向望去，卻頓時因為出現在眼前的人影而感到怔愣。

這真的是巧合嗎？她自問。當你非常思念一個人的時候，對方是否就會如願般地出現在你的面前？

傑洛克正準備離開法老王的寢宮，卻因為失神而不自覺地走進這座偏僻的小花園。原以為自己走錯了路，卻萬萬沒有想到這個不預期的舉動竟讓他在這個地方遇見她。這讓他頓時很慶幸上天的巧妙安排所造成的不期而遇。

這已經不是他第一次試著要找她了，但每每總是落得無功而返。她像是從空氣中消失了一樣……這樣的念頭讓他感到莫名地惶恐，也幾度讓他猜測她在法老王的寢宮裡究竟發生了什麼事。她是否觸怒了法老王？還是被送遣到別的地方？他很怕她遭遇了什麼不測而面臨到死亡的威脅。種種的假設都是他最不願發生的狀況。也因此，他總是不斷地說服自己她一切無恙，只不過是還藏身在這寢宮裡某個未知的角落。

而今從她進宮到現在都已經過了數月，他試過各種的方法都找不到她的身影，幾乎都要準備放棄的時候，他們卻以這樣的方式再度相遇。想著，他順勢地巡望了這座不起眼的花園，笑意也不由得盈上他的嘴角。整個錫比斯城裡大概也只有那法亞媞才有辦法在王宮裡面找到如此名不見經傳的地方。未開發的山牆和雜亂無章的紙莎草，花園不像花園，反倒像是座讓人遺忘的廢棄場。今日要不是因為他恍神轉進了這個死角，那麼他很可能一輩子都找不到她。

他隨後又將視線轉回到她的身上，突然發現她似乎比記憶更顯得美麗了許多。他暗想：如果她以這個模樣居住在宮外的話，那鐵走是貴族們爭先恐後想要迎娶的對象。只不過這樣的想法讓他同時意識到；如果連他都查覺到她的改變的話，那法老王肯定也已經早就注意到了。只不過那不是他應該擔心的事，現在的他只要知道她平安無事就夠了。所以他沉默了一會兒後才終於開口：「妳……很常來這個地方嗎？」

那法亞媞點點頭，愕然地發現自己竟然找不到聲音接口。

只見他略揚了嘴角，臉上再度浮現出那抹令她懷念的笑容輕笑：「難怪……」她聽不見他接下來說了些什麼，但他臉上的微笑再度如陽光般地暖進她的心頭。

或許是與人隔離太久，他這麼近距離的接觸竟讓她的皮膚底下傳來無由的燥熱，就連喉間都有種莫名的乾澀。她這才發現自己真的很想他，特別是他如絲般的音感以及嘲弄的語調更讓她想起還未進宮前的青澀。所以她根本不敢將視線從他身上移開，深怕眼前的一切只不過是場幻影罷了。

「你……」她花了許多時間才終於找到自己的聲音開口：「在這裡做什麼？」

他遲疑了一會兒後才回答：「我是來找妳的。」他坦白道：「……只不過妳真的不好找。」他笑著審視了下花園的四周後又回頭望向她溫柔地接道：「只有妳有辦法在王宮裡找到這樣的地方。」

但那法亞媞根本聽不見他的嘲弄，光是聽見他在找她的回答就讓她感到莫名的喜悅。

「你……」她不確定地又問：「在找我？」

幾乎忘了她的表情讓人很難不對她坦白。「是。」傑洛克輕笑：「只不過我的能力很有限。只能在替王后傳遞消息的時候，才能進到王的寢宮裡來試著找妳。」

「當然。」那法亞媞低喃，清楚地知道那樣的機會幾乎少之又少。

傑洛克嘴角的微笑不自覺地擴大，一直到現在他才發現自己很喜歡像現在這樣看著她。她的情緒還是像記憶一樣清楚地寫在臉上，特別是那雙不會說謊的眼睛更是讓他清楚地知道自己在她心裏的重量。這個發現讓他感到莫名的愉快，顯然在這段漫長的時間裡，他不是唯一思念的一方。

「現在終於找到妳了，」他朝她又走近了一步後接口：「那我以後只要有機會進到王的寢宮裡就一定會先來這個地方找妳。當然，如果妳希望再見到我的話……」

他的問話讓那法亞媞的臉很快地掠過一抹緋紅。這難道還不明顯嗎？她暗自低語；她怎麼可能不想再見到他？

想著，她悄悄地朝他望了眼，注意到他比記憶更顯得成熟了許多，彷彿在不知不覺中從一個男孩蛻變成一個男人。剛毅的臉龐以及結實的體態，他身上的每一個特質都足以令人目眩神迷，彷彿散發著一種莫名的吸引力，不斷地吸引著她朝他的方向靠近。而後他們四眼交觸，一抹電流般的感覺快速地竄過她的全身，不但讓她心跳加速，就連身體都不自覺地跟著加溫。她反射性地撇開臉，試圖掩藏起心頭那抹難以解釋的情緒。

這是什麼感覺？她一點頭緒也沒有，只知道身體的每一吋感官都不自覺地被他吸引著……

她不知道該開口說些什麼，只知道等他再開口時，他的語調裡不難聽見一抹乾澀：「妳……已經慢慢地成為一個美麗的少女。」

她再抬頭時，從他的眼裡看到的是前所未見的溫柔。美麗向來不是她最喜歡的形容詞，更遑論自己身處在法老王的寢宮，那樣的特質只會讓她朝侍寢的職位更加地邁進。所以對於他的稱讚，她也只能一聲苦笑：「那不是一件好事，對不對？」

傑洛克抿緊了唇，以沉默表示回應。「王……」他的聲調猶如低語：「碰妳了嗎？」

那法亞媞愣怔了好一會兒，這才淡淡地搖頭回答：「還……沒有。」雖說如此，但他們都知道那只不過是遲早的事罷了。

傑洛克鬆了一口氣，臉上的線條也跟著柔和了許多。他鬆弛了緊繃的肩頭，像是自言自語般地低語：「謝天謝地。」

突然，他像是想起什麼似的，低頭從腰間掏了把銀製的梳子遞到她的面前。那是一把由全銀製做，極小卻又十分精緻的小梳子，看起來就像是王室貴族們在用的梳子。但傑洛克卻把這麼貴重的東西遞給她，這讓那法亞媞不禁困惑地抬頭望向他，期望可以得到一個合理的解釋。但傑洛克只是輕笑：「這不是我要送給妳的禮物。而是妳的母親要我轉交給妳的。」

「我的母親？」那法亞媞簡直不敢相信自己的耳朵。

「嗯。」他點頭確認道，隨後將梳子交到她的手中。自從她的母親把這梳子交給他到現在，它就像是那法亞媞的替代品一樣一直守在他的身邊，而今這麼物歸原主竟也讓他感到些許的不捨……「我雖然沒有很多機會可以來王的寢宮，卻有不少機會可以進城裡辦事，所以只要一有機會就順道去拜訪妳的母親。」

或許是因為不預期的驚訝與感動，竟讓那法亞媞張口無言。

只見他隨後又接口：「因為怕她擔心，所以我告訴她妳一切都安好。希望妳不會介意。」那法亞媞只能搖頭，但心裡頭卻難掩千頭萬緒。她摀住嘴巴以克制喉間滿溢的情緒，對於傑洛克的付出深感感激。她怎麼可能介意？因為她最不希望的就是遠在宮外的母親為她擔心。

「所以，」傑洛克繼續道：「妳的母親才會將這把梳子交給我，並拜託我有機會一定要親手交給妳。她說她很抱歉一直要求妳在污泥中生活，也說她能夠給妳的不多，只希望妳最終能過個平凡人的生活。但如果王宮真的是命運給妳的安排，那她會一直在宮外守護著妳……」

傑洛克話還沒有說完，那法亞媞早已整個人擁進他的懷裡：「謝謝！謝謝……」好像除了這兩個字，她根本不知道還有什麼話足以形容內心的感激。喜悅如火燎原般地在她的心頭擴散，那法亞媞清楚地知道傑洛克為她所做的早已遠超過她所能要求的。特別是自從進到宮裡以後，母親的安好一直是她最在意的事。

那法亞媞突而其來的舉動讓傑洛克的身子在瞬間僵直，或許是因為不預期，所以讓他顯得有些不知所措。但他臉上的表情很快地便讓一抹溫柔所取代，心也跟著軟化了。因為這一刻的他很清楚地知道那法亞媞將是他一輩子無法抗拒的女人。他伸手還以她一個擁抱，有那麼一剎那的時間，他甚至希望這一刻可以成為永恆，他可以一輩子守護著懷裡的女人……

「在這裡等我。」他在她的頭上輕語：「我一定會想辦法再來這裡找妳。」即使清楚地知道她總有一天會成為王的女人，但他還是暗自承諾；只要有一天，她不再受限於王室的約束，抑或是王厭倦了她，那麼他絕對會想辦法將她帶出宮外，竭盡所能地照顧她一輩子。

「你在想什麼？」

堤亞的聲音斷然地拉回了傑洛克漫遊的思緒。他正在思考著如何能夠製造出進出法老王寢宮的機會，以便多與那法亞媞碰面。只不過這一失神卻忘了身旁的王后，所以他微側了頭，便看見堤亞滿是質問的雙眸。

堤亞對任何人向來有著極敏銳的觀察力，這也是為什麼他學會隱藏情緒的主要原因。雖然要在她的面前隱藏情緒並不是一件簡單的事，卻也不是完全不可能。特別是在她身旁服侍那麼久，他已經可以清楚地掌控她的注意力。

就在這個時候，天外飛來一筆的念頭讓他很快地調整了表情接口：「我的王后，我正在思考一些有關王的事。」

「王？」堤亞輕蹙起眉頭：「王有什麼事？」

知道堤亞向來擔心阿門厚德三世想要奪回他的政權，傑洛克刻意欲言又止地開口：「聽說王最近似乎很關心政事，」他停頓了一會兒：「我上次去王的寢官時，不小心聽見下人們討論王最近好像有意回到大廳聽政。但那很可能只是下人們無心的猜測，所以我正在猶豫該不該告訴您，因為我不希望您因為一些下人的流言蜚語感到心煩。」

話才一出口，他便感覺堤亞整個身體因此而緊繃了起來，就連臉上的表情都跟著染上了一抹陰霾。只見她沉思了許久後這才終於開口：「不管是不是流言，我們都不能粗心大意。你有空多去王的寢宮幫我注意王的舉動，留意下人是否有什麼傳言，如果聽見了什麼就立刻回報給我。同時下令給各國大使，通知他們王正在收集一些新奇又有趣的東西。若是他們有辦法獻上讓王滿意的事物，則全都必有重賞。」

「遵旨。我的王后。」傑洛克半弓了身子，也順勢看見堤亞陷入沉思的憂鬱。她顯然一點也不記得那法亞媞。但也難怪，傑洛克暗自慶幸道：那法亞媞對她來說始終是個下人，根本不值得留念。再加上她上次見到那法亞媞至今也已經有好一段日子的時間，很可能早就已經忘記了她的存在。

但既然已經下了命令，那麼他便可以自由地進出王的寢宮。藉由關心王的動靜，他同時被賦予探望那法亞媞的自由。

第七章

十五歲或十六歲……

我現在差不多是這個年紀吧。那法亞媞坐在水池旁觀望著水中的倒影，開始注意到自己這些年來的變化。她的身體多了以前所沒有的曲線，眼神成熟了不少，就連雙唇都豐滿了許多。她再也無法從倒影裡看見當初那個天真無知的小女孩，反倒像是法老王寢宮裡那些女人一樣。

她也開始注意到法老王最近盯著她看的眼神裡似乎多了抹難以掩飾的慾望，有時甚至會貪婪地伸出手，毫不客氣地觸碰她的身體，猶如飢餓的狼正等待著瓜熟落地一樣，讓人感到混身的不對勁。只不過她雖然一點也不喜歡那樣的感覺，卻無法改變任何的現狀，因為整個王宮上下根本沒有人膽敢反抗王的要求。

這也是為什麼她只要一有空便喜歡躲在這座廢棄的花園裡。因為這裡可以讓她暫時擺脫內心積壓的那抹噁心感，但更重要的是，這裡是唯一可以見到她朝思暮想的男人的地方。

傑洛克是個信守承諾的男人。這些年來，他的確經常來法老王寢宮裡探視她，也不時替她與她的母親傳遞消息，並安頓她母親的生活所需。仔細想想，從他們第一次在這座花園相遇到現在也已經快要兩年的光影了，或許是相處的時間久了，所以她發現自己的視線在不知不覺中總是追尋著他的身影。這讓她不禁自問：這樣的感覺是正常嗎？要不然，為什麼每一次他出現的時候，她都會有種臉紅心跳的悸動？

想著，她這又將視線轉回到水中的倒影。有時她真的很好奇傑洛克對她究竟有什麼樣的感覺。他喜歡她嗎？對她是否也有著相同的感覺？由於她不懂得男女之情，更不知道是該如何表達內心的情感。所以也只能自問：每每只要一想到他就無法控制的情感，是不是正是女侍間總是掛在嘴上的情愛呢？

傑洛克此時正在不遠的角落觀望著那法亞媞失神的側影。

這些年來她著實成長了許多。她眼中的狂野日增，豐滿的唇瓣讓人想要一親芳澤，而身體的曲線更是曼妙的足以挑逗所有男人的感官。只是幾年的光影，她已經從一個青澀的女孩蛻變成一個極有魅力、又令人難以抗拒的女人。

就連他向來引以為傲的自制力也似乎總是在她的面前瓦解。每每只要望著她，他便忍不住想要一親芳澤，更想要想她擁入懷裡。他多麼地希望此刻的他們不是受困在王宮裡，而是像街井市民般可以互訴情愫、共組家庭……

但他的理智很快地便將他拉回了現實之中，因為單憑他們倆個現在的身分，任何簡單的夢想都顯得遙不可及。所以為了不浪費任何與她相處的時間，他開始朝她的方向走近。

「喜歡妳看到的模樣嗎？」

傑洛克低沉的嗓音很快地便拉回了那法亞媞的注意力，只見她窣然地從水池旁站起身子，臉頰還不免掠過一抹羞紅：「你……什麼時候來的？」

「好一會兒了。」他坦白道：「但妳顯然太專注於欣賞自己，所以沒聽到我來的聲音。」說著，他又朝噴水池睨了眼後重複道：「喜歡妳看到的自己嗎？」

傑洛克的嘲弄讓那法亞媞紅了臉，「不怎麼喜歡。」她坦白回答，因為她清楚地知道這樣的長相在工的寢宮裡會造就什麼樣的命運。

「那真是太糟了，」傑洛克一聲笑：「我倒還挺欣賞自己的眼睛所看到的。」

「真的嗎？」他的一句話讓她的心情頓時變得又驚又喜，原本低落的情緒也變得開朗了許多。

「不是嗎？」他輕揚了嘴角：「妳是個很難讓人轉移注意力的女人。」

那也包括他在內嗎？她在心裡頭自問。有時候她真的很想知道他對她的感覺，但常常又發現自己不知道該如何開口。

而傑洛克喜歡的正是她易讀的表情。正因為她的情緒總是清楚地表現在臉上，讓他幾度想要對她表白自己的情感。只不過他到最後總是選擇將那樣的愛戀藏在心裡，因為以他們兩個現在的處境，根本就不能允許任何的私人情感介入。

「對了，」他突然像是想到什麼似地從身後拿出了一個包裹說道：「我給妳帶了個驚喜。」

「驚喜？」

「嗯。」他一臉自信滿滿樣子：「聽說是個妳會喜歡的東西。」

那法亞媞不確定地接過他手中的包裹，但隨後呈現在她面前的東西竟立刻激起了淚水盈上她的眼眶。那是母親在她生日的時候總會親手做給她的麵包，雖然很簡單，但已足以引發她內心想家的情緒。

只聽見傑洛克這又開口：「要把這帶進來王的寢宮可不是一件容易的事。」但他很慶幸王后的偏愛所為他製造出來的特權：「稍早我去拜訪妳的母親的時候，她提到今天是妳的生日，所以順手做了妳最喜歡吃的麵包。雖然不知道可不可行，但總想要試一試，好給妳一個難得的驚喜。」

但她何止是喜歡，此刻內心的複雜讓她根本找不到足以形容的文字。

「而這個，」傑洛克這又拿出一個鑲有異國花朵的精緻髮飾別在她的髮上，臉上的尷尬顯示他似乎從未送過禮物給任何的女人一樣：「這是我在回來的路上，看到市集上有個波斯小販在賣的東西。我覺得……」他氣若遊絲般地低語：「它很適合妳。」

但他的語句才剛落，那法亞媞早已投身擁進他的懷裡：「謝謝你！謝謝……」她不知道這是不是足以形容她此刻內心的感激。因為他為她所做的一切，早已遠剩過她所能給予他的一切。

傑洛克並不預期她會有現在的反應，但他的心很快地便因為懷中的女人而融化。她的喜悅總是能輕易地感染到他，而臉上的笑容更是他的最愛。彷彿只要對她了解得愈多，他就愈是難以抗拒她的魅力。他伸手想要將她緊緊地擁在懷裡，想要告訴她這些日子以來一直積壓在心裡的情感，但當他的手尖觸及到她的腰帶之時，他的身體卻在瞬間全部緊繃了起來。他輕輕地將她推開他的身前，視線卻目不轉睛地停留在她的腰帶上。只是短短一秒鐘的時間，他臉上的溫柔漸逝，取而代之的是一抹難以言述的深沉以及令人無法理解的情緒。

怎麼了？她尾隨著他的視線低頭瞄了眼身上的那條金色腰帶，腦子裡卻無法解釋傑洛克的臉色為什麼會突然地變得如此沉重。只不過在她還來不及開口，傑洛克早已經急著拉開彼此間的距離。彷彿正試著逃亡一樣，他的臉上更多了抹自責與難以言述的憤怒。

「我該走了。」他撇開臉後斷然地開口：「我會儘快再回來看妳的。」但話都還沒有說完，他卻已經急著轉身離開她的視線之外。

到底發生了什麼事？那法亞媞滿臉的困惑，因為傑洛克突而其來的反應而搞得一頭霧水。那讓她忍不住低頭望向腰間的金色腰帶，任由一道空虛在她胸口擴散。原本該是愉悅的淚水這會兒也轉換成一抹沉重的悲傷。現在的她只希望有人能夠回答：我的腰帶究竟出了什麼問題？

那法亞媞從進宮以來就從未注意過自己身上的穿著與他人有什麼不一樣的地方。特別是當每個侍女的裝扮都大同小異的時候，她更不可能去思考自己的穿著打扮具有任何特殊的意義。

但每當她只要憶起傑洛克那天的眼神，就會忍不住地想要知道自己的打扮有什麼特別之處。也因此，她開始特別注意宮中女僕的打扮，歌女，舞女，樂女的打扮雖然不同，但侍女的服飾卻是一致的。雖然腰帶的顏色有所差異，但那對她來說並沒有任何實質的意義。因為再怎麼說，腰帶也只不過是個裝飾品罷了，她不能理解為什麼它足以讓傑洛克顯得驚慌失措。但如果他的反應與她的衣著無關，那她不禁會懷疑這些日子以來的情感是不是真是她的一廂情願？

這一日，她正好收拾碗盤準備結束手頭的工作，卻湊巧注意到身旁婢女所繫的白色腰帶。那讓她終於忍不住心中的疑惑開口：「腰帶的顏色具有任何的意義嗎？」

或許是因為說話的是那法亞媞，所以那個婢女反而顯得有點不知所措。她睜大了眼以不確定的口吻回了聲：「對不起？」因為從她有記憶以來，就不記得那法亞媞曾經開口跟任何人說過話。

婢女的反應讓那法亞媞怔愣了一會兒，但她很快地又鼓起了勇氣、清了喉間的乾澀後重複道：「我是說，為什麼妳身上的腰帶顏色跟我身上的腰帶顏色不一樣？它們具有任何的意義嗎？」

只見婢女朝兩人身上的腰帶來回望了眼，臉上的困惑很快地就讓一抹笑聲所取代：「妳是真的不知道嗎？」

知道什麼？那法亞媞反射性地搖頭。她從來沒有想過一條普通的腰帶能有什麼特別含義。

但她滿臉的困惑卻讓婢女臉上的驚訝很快地便轉換成一陣淺笑：「妳真的很與眾不同耶！」特別是當大部分的宮女們在工作之餘都喜歡成群結黨的聚集在一起，那法亞媞反倒像是活在一個人的世界裡，從來不曾與人有任何的交集。雖然她並不訝異那法亞媞的一無所知，但是不知道腰帶的意義？她暗笑道：整個王宮大概也只有她一個人還搞不清楚狀況吧？所以她清了清喉嚨後又解釋道：「宮裡的下女除了手頭上被分配到的工作之外，其實還有另一份工作要做。」

「什麼工作？」那法亞媞反射性地蹙起了眉頭，從來不知道自己除了打理王的膳食之外，還有什麼其它的工作要做。

只見那婢女的表情頓時變得詭異，就連音調都刻意壓低地在她的耳畔低喃：「這個工作就是，只要宮裡的男人有生理上的需要，我們都必須滿足他們啊。」

「滿足他們？」這樣的名詞讓那法亞媞感到格外的陌生：「那是什麼意思？」

「妳知道的嘛，」婢女咯咯地笑道：「就像那些服侍王的女人一樣啊。如果宮裡的男人有那個方面的需求，我們就得像那些女人一樣地服伺他們啊。」

這樣的回答讓那法亞媞的臉色瞬間刷白，因為她從來不預期自己會聽到這樣的答案。她倒抽了一口氣，思緒也跟著混亂。這是宮裡一向的慣例嗎？她不可置信地望著眼前的婢女，驚訝她不旦不認為這樣的事情令人難以忍受，反而還像是在談論一件令人愉悅的事情一樣……

「我的天啊——」那法亞媞的反應讓婢女不可置信地驚呼：「妳是真的不知道。」她簡直不敢相信竟然有人可以在宮裡工作那麼久還對腰帶的事情一無所知，但也沒忘記自己不該將那法亞媞與其它人混為一談，所以她輕嘆了口氣後又解釋道：「宮裡的階級制度是很明顯的，就連宮女也是有階級之分。為了預防宮裡的男人跨越這種階級制度而碰到不該碰的女人，所以宮裡的侍女全都以腰帶的顏色來標示她們可以服侍的階級。金色腰帶是服侍王室的，而銀色腰帶則是服侍貴族。銅色是服侍軍官，而白色則是服侍侍衛兵的，然後還有紅色、青色以及黃色等等……宮裡的男人會藉由我們腰帶的顏色來決定我們是否可以服侍他們。這樣就沒有人會越矩去碰服侍自己階級以上的宮女，也可以避免奴隸與貴族共用一女等階級混亂的問題了。」

說著，那婢女順手指向那法亞媞身上的金色腰帶後笑道：「所以妳是負責侍候王室的女人。這表示除了王室的男人以外，就連貴族們也沒有權力要求妳的伺候。能拿到這腰帶的妳真應該感到高興才對。因為不是每一個人都配戴得起金色腰帶的。想要得到這腰帶還得先得要王后親自甄選過才行。只不過大部分的男人雖然都會選擇服侍自己階級的下女暖床，但有些時候，階級較高的男人可以選擇階級較低的下女，更甚至是改變她們腰帶的顏色。只不過這樣的規矩只適用在較高的階級要求較低階級的侍女，卻不能反其向而行。這也就是說，階級較低的男人絕對不能要求階級較高的侍女來服伺他們的。這樣的事情若是讓王后發現的話是會被砍頭的！」

僅管婢女真的很用心地在解釋腰帶的意義，但那法亞媞的腦子卻因為震驚而沒有辦法做任何的回應。這樣的規矩簡直太過於瘋狂！她的腦子呈現一片的混亂；這是為什麼王的寢宮裡多半是配戴金色腰帶的侍女嗎？隨著腦子裡的思緒發酵，她感覺到腹裡的胃酸不斷地翻滾，緊接著抹噁心感急速地竄上她的喉間。這是為什麼傑洛克會有那樣的眼神，又急著與我保持距離的原因嗎？就因為我是侍候王的女人？那個癡肥又令人作嘔的法老王？

婢女似乎也感受得到那法亞媞腦子裡的思緒，所以又好心地安撫道：「其實真的不像妳想像的那麼糟。妳並不是只能服侍王一個人，而是只要擁有王室血統的男人都可以要求配戴金色腰帶的侍女服侍。」婢女耐心地解釋道：「所以除了王以外，王室裡還有冠冕王子與小王子兩個人。小王子為了學習如何成為大祭司，所以大部分的時間都住在城外的神殿裡。聽說他雖然很安靜也不太喜歡人群，卻是個英俊又高挑的男人。所以如果他有機會回到王宮的話，妳搞不好也有機會獲得欽選。」只不過雖說如此，但從她進宮工作到現在倒是從來沒有見過小王子。聽說他自從被送進神殿以後就再也沒有人見過他了。

「不過還有冠冕王子啊！」婢女緊接著開口，就連語氣裡都不自覺地多了抹愛慕之意：「他大概是全天下最性感又有魅力的男人了，根本就是所有女人夢寐以求的對象。雖然他大部分的時間都待在下埃及，但是他偶爾還是會回到王宮裡，而且一定會要求金色腰帶的婢女侍候的。喔——」一想到冠冕王子的樣子，婢女這也不免一聲低吟：「妳真應該見見他。他擁有一身不可思議的身材，而且那張臉大概是我見過最性感的。他的存在讓每一個女人都希望能像妳一樣擁有一條金色腰帶。」

但那婢女的話那法亞媞一個字也聽不進去，因為喉間那抹強湧而上的噁心感以及胸口幾乎要決堤的情緒早已經占據了她所有的感官。所以在婢女還沒有把話說完以前，她就已經朝門口的方向衝了出去。

王的女人……

這個人人迫不及待想要擁有的頭銜讓她發自內心地感到作嘔。如果她真的是個只能侍候王的女人，那是不是同時代表著她與傑洛克根本就不可能會有任何的未來，而成為法老王寢宮的侍寢將會是她唯一的命運……

不——

內心的吶喊不斷地在她的腦波裡蕩漾，淚水早已在悲傷中模糊了所有的視線。此刻的她是多麼希望這一切全都不是真的，因為她已經看見自己正逐步地成為她這一輩子最不想要成為的女人……

碰——

正當那法亞媞極力地想要逃離此地的同時卻迎面撞進一面如牆般結實的胸膛。

她不敢抬頭，因為不想讓人撞見她臉上的淚水以及那難以掩飾的噁心感。所以她趕緊舉步想要儘快地逃離那面胸膛，但一股結實的力道卻在此刻握住她的上臂，讓她無法前進。

她反射性地拍開對方的手，更甚至是用力地想要扯開自己的手臂。但對方的力道卻紮實得讓她再怎麼使力都顯得徒勞無功。這迫使她抬頭想要看清楚眼前的男人，但該死的淚水卻讓她怎麼也無法對焦。

喔！她只能低咒：這個該死的男人為什麼不能放我走？現在的她只不過是需要一點自己的空間，儘快地逃離這個令她作噁的地方。

我會叫人把這個愚蠢的下人拖去斬了！

當煩燥的薩摩斯莫名地被這莽撞的下女一頭撞進自己胸口的時候，他在心頭如是咆哮道。他的脾氣向來不好，對所有的人事物也沒有多大的耐心。這會兒他才剛剛結束一段漫長的水陸之旅回到錫比斯城。不要說他已經夠精疲力盡的，王宮又還是他最不想要回來的地方。因為他寧願待在下埃及，也不想面對這個荒謬的王室和一個處心積慮想要稱王的母親。

這種種的因素累積起來已經足以令他火冒三丈，識相的人光是看他的臉色也懂得要退避三舍，更何況還是一個下女?!雖然他大部分的時間都待在下埃及，但整個王宮上下有哪一個人不認識他？更沒有人有膽子敢如此挑戰他的極限！但這會兒這個愚蠢的下人不認識他就算了，竟然還敢在宮裡如此莽撞？他惱怒道：真的是自尋死路！

只不過薩摩斯滿肚的牢騷卻在與她四目交觸之際頓時一掃而空。

她不像是個會出現在王宮裡的女人。這是他在看到她時的第一個印象。事實上，他很確定這個女人一點都不屬於王宮。她有張十分獨特秀麗的臉和一雙如水般透澈的眼睛，身上隱約散發出來的狂野氣息，根本不像是堤亞會允許進宮的侍女。他太清楚堤亞是個怎麼樣的女人，所以眼前的女人還有辦法活生生地站在他的眼前倒是讓他感到格外的驚訝。

他豐厚的嘴唇很快地便彎成了一抹微笑。她不真實的美雖然出現得短暫，但以足以挑逗他所有的感官。只不過她眼裡的淚水很快地便轉移了他所有的注意力。像是一頭受了傷的野獸一般，薩摩斯不自覺地蹙起了眉頭，突然間想要為她撫平內心的傷痛……

她是誰？又為了什麼事情如此難過？發現她的淚水竟能輕易地混亂他的思緒，他連想開口都突然變得言拙。

然後，他開始注意到她身上的金色腰帶……

只不過在他還來不及做任何反應，那侍女已經趁機揮開他的手，以迅雷不及掩耳的速度消失在他的視線之外。

這樣的舉動讓他的臉上不自覺地浮現一抹淺笑。現在他更是確定她一定不是接受訓練入宮的侍女。因為她非但對他一無所知，竟連宮中最基本的禮儀都沒有。但這樣的發現非旦沒有激怒了他，更讓一抹興奮的快感不斷地在他的體內竄流。突然間，他有種想要征服她的渴望，更有種衝動想要將她完完全全地占為己有。

服侍王室的女人……

只是一眨眼的時間，因長途跋踄所累積的疲憊感以及回到王宮後所產生的煩燥感似乎因為她的出現全都一掃而空了。他開始對這個謎樣的女人感到興趣，因為到目前為止，她是唯一一個能夠刺激他的感官並讓他迫不及待地想要征服的女人。現在她雖然逃離了他的視線，但他很清楚地知道整個王宮上下哪裡可以找到服侍王室的金色腰帶侍女……

自從法老王的寢宮跑出來之後，那法亞媞就一直待在廢棄的小花園裡任由時間漫無目的的飛逝。她不知道該做些什麼，只知道自己不管再怎麼努力也無法抑制胸口滿溢的情緒。淚水像是斷了線的珍珠似的，只要一想到自己的未來，她就難掩胸口錐心般的痛。服侍那個令人作嘔的法老王，成為他暖床的侍寢，期盼著一個永遠不可能的未來……每一個她可以想到的未來都是她無法期待的。

但她究竟在期待些什麼？她笑自己的傻：明明清楚自己奴隸般低賤的身分，又怎麼能對未來有所期待？選擇進到宮裡來工作，又怎麼能期待自由的愛戀？

就在這個時候，一陣莎紙草聲倏然地拉回她所有的思緒。當她轉頭看見莎紙草後出現的人影時，淚水再度不爭氣地決堤。一直到這個時候，她才發現自己對他的情感早已遠超過她可以控制的程度……

正期待著見到那法亞媞的傑洛克在一看見眼前的影像後便不自覺地蹙起了眉頭，因為從他認識她以來就從未見過她掉過一滴眼淚。不要說多年前在市集裡遭受歷耶的威脅時沒見她落淚，就連在王后面前也不曾見她有過此刻這般的表情。但只是一剎那的時間，一抹深層的恐懼便瞬間浮上他的心頭。他感覺血液在體內竄流，神經也跟著緊繃了起來。只知道感官都還來不及沉澱，他便已經跨步走到她的身前握住她削瘦的肩膀問道：「發生了什麼事？」他的語氣掩不住那抹恐懼，彷彿害怕他最擔心的事情終究還是發生了。

但她根本不準備回答他的問題，二話不說地便起身擁進了他的懷裡。她傾身送上自己的吻，但這個舉動卻讓傑洛克的身子在瞬間僵直。只見他掙扎了許久，這才終於勉強自己把她推開：「我們不能……」在理智與情感的衝擊下，他發現這句話是如何地難以出口。因為天知道他有多麼渴望將她擁入懷裡，更想要與她長相廝守。只不過到最後理智還是戰勝了慾望，因為他很清楚地知道自己的渴望只會將她推向死亡的邊緣。

「為什麼？」她美麗的褐眸滿溢著水晶般的淚水，就連語調裡也難掩悲痛：「……就因為我是服伺王的女人？」

她顯然已經知道了真相。傑洛克只能望著她滿載質問的褐眸，卻無法開口做任何的反駁。即使他再怎麼希望那不是真的，那都是他無法改變的事實。「妳是屬於王的女人。」

「不！我不屬於任何人！」她順手扯下了腰間的金色腰帶斥吼：「你要我相信我的命運決定在這條愚蠢的腰帶?!因為一條腰帶的顏色，所以我沒有辦法愛我所愛，選擇我想要廝守一生的人？」

但那又何嘗不是他的夢想呢？那法亞媞的吶喊讓傑洛克的臉色也跟著深沉。即使心裡對她有著極度的渴望，他卻無法不提醒自己她是屬於王的。因為只要一個大意，他們的未來便是死亡的命運。他再也不想要拿她的生命冒險。將她帶進王宮裡已經是個無法彌補的錯誤，因為他的大意而讓她自由的靈魂受限在這無法伸展的地方，如今他更不該讓死亡成為她唯一的命運。

只不過現在望著她衣服底下若隱若現的曼妙身材，他倒抽了一口氣低咒：她大概永遠不知道他得要花上多大的力氣才有辦法克制內心極度想要擁有她的衝動。他一聲長嘆。只能在慾望還來不及說服理智以前，伸手接過她手中的腰帶並輕柔地將它環上她的腰際後開口：「即使妳拿下了腰帶也不能改變什麼。」他的語氣難掩一抹苦澀：「妳還是屬於王的女人。」說著，他隨手拭去了她臉上的淚水：「如果我不學著控制自己的話，那麼死亡將會成為妳我唯一的命運。」

「你明明知道我不——」

那法亞媞的話都還來不及說完，傑洛克卻已經伸手按上她的嘴唇並抑止了所有未出口的話。他很清楚地知道她要說些什麼，所以也只能苦笑：「不要在我的面前繼續說出那樣的話。」他一聲長嘆：「我知道妳對死亡沒有任何的恐懼。但就算我再怎麼不懼怕死亡，那並不表示我不會害怕失去妳。我只要一想到未來的日子裡很可能再也聽不到妳的聲音，或是見到妳的人的時候，我的內心就會覺得有種莫名的恐懼。我很確定那樣的恐懼是我一輩子不想去面對的。」

彷彿理解那是什麼樣的感覺，那法亞媞不再與他繼續爭辯。「所以呢？」無助的感覺占據她所有的感官：「我們究竟還有什麼選擇？難到只要我是屬於王的一天，我們就永遠沒有辦法在一起？難到你我間的距離永遠會因為一條腰帶的存在而隔離？如果哪一天王厭倦了我，那我還剩下什麼？」

「如果有一天王真的厭倦了妳，」他將她緊緊地摟進了懷裡承諾：「那妳將會是永永遠遠屬於我一個人的，再也不會有人可以碰妳。」

「即使我已經人老珠黃了？」

「我不在乎。」他的語句裡有不容置疑的肯定：「因為妳才是我真正想要的。」

雖然她希望這一切都是真的，但又有誰可以自信滿滿地承諾未來呢？身處在那樣驕奢淫逸的環境底下，就連她都無法承諾五年後的她會變成什麼樣子。如果法老王真的厭倦了她，誰又能預測她的死亡不會隨之而來呢？

「為什麼？」再開口時，她已抑不住語調裡的悲傷：「為什麼要把我帶進王宮裏來？」

但這個問題不也正是他一直揮之不去的陰影嗎？他不知道該如何回答她的問題，只知道如果時間可以再來一次，他絕不會自作主張地向王后建議讓她進來王宮裡工作。「我很抱歉。」在思緒中，道歉成了他唯一能夠說出口的話。

但這又怎麼是他一個人的錯呢？那法亞媞望著他的臉，清楚地知道當初要不是因為自己貪圖王宮所能給她的富裕，若不是自己無法克制對他的愛戀，那麼今日也不會演變到這個局面。所以她環緊雙手感受著他炙熱的擁抱，靜靜地聆聽著耳畔的心跳，想像這永恆的片刻裡沒有法老王的存在……只不過那麼一瞬間，她意識到他們的阻礙不單單只有法老王一個：「你……也是王后的男人嗎？」

短短的一句話讓傑洛克的身子在瞬間僵直。只見他沉默了許久後這才一聲苦笑：「我們都沒有選擇，不是嗎？」

第八章

「你該準備搬回宮裡準備王位交接的手續了。我已經派人去曼非斯接管下埃及的政務與大祭師的職位。如果一切都進行得順利的話，那麼六個月後便會在大神殿舉行冠冕儀式，讓你成為正式的法老王。」堤亞此時正慵懶地傾坐在躺椅之上，視線則滿意地欣賞著她的大兒子——薩摩斯。

薩摩斯雖然已成為冠冕王子許久，但依照埃及的慣例：冠冕王子得要等到十八歲才能正式地成為法老王。所以在那之前，他都必須居住在下埃及代理大祭司的職位，並由大臣們佐政教導他如何管理政務，偶爾才會回到錫比斯城來拜訪他們。

現在想想，距離上一次見到他也已經有好一段時間了。在這段時間裡，他也已經由一個男孩蛻變成為一個性感又令人難以抗拒的男人了。除了一身完美的肌肉線條和深麥的膚色，深邃的五官更是流露出領導者的自信……堤亞滿意地揚了嘴角；現在呈現在眼前的薩摩斯鐵定可以為埃及塑造出一個完美的領導者典範。

堤亞花了多年的心思，努力地想要將膝下的兩個兒子塑造成埃及的兩個主要領導象徵——一個為權力象徵的法老王，而另一個則是精神象徵的大祭司。所幸這些年來的嚴厲管教之下得以看著兩個兒子漸漸地達到她的期待，她不由得因此而感到欣慰。

多年前，當薩摩斯初被冠冕而必需下送到曼非斯學習管理政務的時候，她還幾度擔心他的個性會因為脫離她的掌控而變得難以掌控。但那時候的她並沒有太多的選擇，為了確保自己在宮裡的地位，她必須待在錫比斯首都親手管理所有的國政。因此，她只能勉強自己放手讓薩摩斯一個人到曼非斯去。只不過現在看到他這個樣子，她發現自己的擔心簡直是多餘，因為他遠超出她的期待而更顯卓越。

想著，她的嘴角也不自覺地上揚，很滿意所有的事情都正照著自己的計劃在進行。現在她只要耐心地等到薩摩斯正式被冠冕為法老王，那時候再配合當上大祭司的阿門厚德四世，那她就可以完全地掌控埃及所有的權力。

「嗯。」薩摩斯只是漫不經心地一聲便整個人躺進她身旁的躺椅上。

這樣的反應讓堤亞輕蹙了眉頭，彷彿他一點都不在乎自己有沒有當上法老王似的，那種漠不在乎讓她感到莫名的光火。

薩摩斯的視線很快地瀏覽了一下整個王后的寢宮，試圖從寢宮中找到那天撞到他的侍女。好像每次腦子裡只要一想到那個女人，他的心裡頭就無由地一抹愉悅感。只可惜堤亞寢宮裡的侍女再多，也沒有一個人長得像那個女人的身影。也當然，他自嘲了聲：像她那樣子的女人怎麼可能會出現在堤亞的寢宮裡。

堤亞向來是個嫉妒心重的女人，所以像那種會讓她感到壓迫感的女人是不可能在她眼前活太久的。只不過這對他來說倒是個好消息。他輕揚了嘴角：因為這不但確保了那個女人的存活，更是縮小了他尋找她的範圍。因為整個王宮上下也就只有一個地方找得到金色腰帶的侍女。

注意到薩摩斯的視線審視著宮裡的侍女，堤亞會意地開口：「我會叫凱德安排幾個合適的侍女給你並打理好你的寢宮。」

「不用麻煩了。」他敷衍了聲，心裡卻早已經有了合適的對象：「我會從宮裡隨便挑選幾個合適的侍女就好，妳沒有必要再特別招募新的侍女來服侍我。」

「但你這次回宮可不是玩玩而已。這一侍可是準備接管法老王的位置。」堤亞皺了眉頭：「更何況宮裡的侍女階級繁雜，不是每一個人都有資格可以服侍你的。」

我怎麼可能不知道呢？他暗自嘖笑了聲，懷疑這整座王宮裡會有人不知道這侍女階級的區分。「我會去父王的寢宮為自己挑選幾個侍女。反正他多的是用不著的女人，鐵定不會介意分那麼一兩個給我。」思及此，薩摩斯不免一聲輕嘖。當堤亞急欲拿女人做為誘餌來轉移父王對政事關注的同時，大概不知道這樣的舉動只是更加證明女人除了服侍男人之外根本沒有任何的利用價值。真是件諷刺的笑話！他低哼：聰明的舉動與愚蠢的選擇果然只有一線之隔。

「薩摩斯。」雖然不滿薩摩斯說話的語調與態度，堤亞繼續接口：「再過六個月你就會成為法老王了。」

「嗯。」他回答得漫不經心。

但正是這樣的反應才叫堤亞惱火，她迫切渴望卻又得不到的位置，薩摩斯竟當兒戲般地看不上眼？她強忍住胸口的憤怒後又接口：「我已經為你找了 個最完美的王后。」

這話讓薩摩斯愣怔了一會兒，但臉上的驚愕很快便讓一抹低笑所取代。「那當然。」真不知道自己究竟在大驚小怪什麼？他的語調裡滿是低蔑與不屑。堤亞的世界裡可不容許任何的差錯。這會兒他就位在及，沒理由不為他找一個合適的王后人選。而且如果他沒猜錯的話，這完美的王后人選鐵定還是埃及最高的大臣，也是她的哥哥艾伊膝下的女兒。

堤亞急欲讓自家人掌權又向來主張王室血統的純正，所以才在宮裡建立了強硬的階級觀念，不允許任何低下的賤民來污染王室貴族的血脈。只不過一想到堤亞連王后都替他選好了，他便對那個女人失去了所有的興趣。即便是素未謀面，但只要是堤亞選出來的女人，鐵定是個沒個性又聽話的玩偶。

薩摩斯的低笑讓堤亞瞇起了眼睛，雖說不上是什麼感覺，但他的笑聲卻明顯地叫人感到不適。只不過她壓了性子後又開口：「你的弟弟會在你被冠冕的同時也成為大祭司。」

「那真是可憐了四世。」雖然是一聲嘲笑，但薩摩斯卻是真心替阿門厚德四世感到抱歉：「那大概是他不想做卻又沒得選的位置吧。」當個大祭司？他低嘖了聲；那真是一份無聊至極的工作。在曼非斯的時候要不是有下人代替他頂著大祭司的位置，好讓他可以跟著大將軍出外防守邊疆，現在的他鐵定老早就瘋了吧？

「薩摩斯！」一直到現在，堤亞終於忍無可忍地斥吼：「你這是什麼態度?!我這麼安排還不都是為了你和偉大的埃及——」

「真的嗎？」不等她把話說完，薩摩斯已經挑高了眉頭質問：「妳這麼大費周章的安排真的是為了我，還是為了滿足你想要控制這個國家的慾望？」

這一問竟讓堤亞頓時變得啞口無言「你——」她的表情顯得有點扭曲：「你說那話是什麼意思？」

但薩摩斯沒有回口，只是不急不徐地自躺椅上起身，臉上還盈著那抹漫不經心的微笑。因為他突然發覺：能夠一個人隻身到曼非斯學習政務大概是他有生以來最幸運的事。他曾經以為堤亞的期待與要求是他唯一的命運，但居住在下埃及這些時日以來，讓他學會了人生不一定要照著她的安排，也看清楚了她對王位的野心。

他體驗到平民百姓們是如何渡日，更從邊防戰事中成長了不少。但這些認知只讓他想成為一個更務實的王，但那對從未涉足貴族以外生活的堤亞來說卻是永遠不可能的。他已經不再是當初那個天真無知的少年，這一次回來宮裡，他其實已經做好繼承王位的實質準備。

但他沒有開口，只是揚著那抹笑容，傾身將堤亞瘦小的身子覆蓋在他壯碩身軀的陰影下後接口：「妳花了那麼多的心力想把我調教成妳理想中的法老王，還安排四世去學習大祭司職權。這會兒我都還沒稱王，妳卻連王后都替我選好了？我相信她鐵定是個既美麗又聽話的貴族仕女吧？妳確定妳做了這麼多，不是為了鞏固妳掌控下的埃及？就像是妳對咱們那個一無是處的父王所做的安排一樣？」

「你——」他的指控讓堤亞瞠大了雙眼，簡直是不敢相信她所聽到的每一句話。今日就算他所說的話都是真的，也從來也沒有人膽敢對她做出這樣的指控！

但薩摩斯卻刻意忽視她眼裡的憤怒，反倒若無其事地起身朝門口方向轉身：「我要走了。」他無趣地揮揮手，就連語調都顯得慵懶。只不過他清楚地知道這樣的舉動只是為了掩飾內心對堤亞的極度厭惡罷了。他為自己年幼時的無知感到荒唐，因為她所要的埃及絕對不會建立在所有百姓的福祉之上，而是一個任由她為所欲為的埃及——堤亞的埃及。但這只讓他更加地確定；一旦他成為了法老王，堤亞的埃及絕不可能在他執政內成型。

「薩摩斯！」堤亞自躺椅中猝地起身斥吼道，但薩摩斯卻頭也不回地消失在她的視線之外。

「該死的！」她緊握了拳頭，並感覺憤怒如火燎原般地在她的胸口擴散。她無法忍受任何人挑釁她的權力，更不允許那個人是薩摩斯。

果然送他一個人到曼非斯是一大失策。她咬牙：明明知道薩摩斯反叛的個性，當初竟然還放縱他一個人去下埃及學習政務？她甚至懷疑這些年來那些身為大祭司所寫的報告是不是他親手執筆。而這會兒他還沒有當上王就已經膽敢與她頂嘴，若是登上王位後豈不是更如脫韁野馬般難以掌控？

不行！她告訴自己；我不能讓那樣的事情發生！絕對不行！

虛情假意的笑聲向來是法老王寢宮裡唯一的音樂，而衣衫襤褸的女人則是唯一的裝飾。在法老王寢宮裡到處看得到美酒、侍寢以及一個對什麼事都提不起興趣也不在乎國家存亡的法老王。

那法亞媞有時懷疑自己在這樣的環境裡待久了，感官是否也會跟著遲鈍，進而無法對事物產生任何的反應。因為她在這裡看不見任何的人生目標，更找不到任何可以激勵人生存下去的未來。更何況一個國家有個像是阿門厚德三世如此無能的領導者，國家的腐化只不過是遲早的事罷了。因為他是一個除了女色美酒之外，根本什麼都不在乎的人。

所幸埃及的老百姓根本沒有機會進到王宮，以致於他們永遠不會知道他們所崇拜的王究竟是什麼樣的人。至少在看不到王宮醜陋面的情況底下，百姓們還可以對這個國家的領導者有所期待。

那法亞媞此時正在為法老王添酒，腦子裡卻還盤旋著那天與傑洛克的對話。她常常在思考傑洛克與她究竟會有什麼樣的未來？王會讓她成為他的侍寢，還是早在歲月流逝中對她感到了厭倦？反正王的寢宮裡多的是美麗出眾的女人，要王對她感到厭倦似乎不是件困難的事。但傑洛克呢？她不禁好奇：王后是否也會對他感到厭倦？

那法亞媞的腦子裡顯然有太多的問題，以致於她根本沒有注意到阿門厚德三世一直留戀在她曼妙身材的貪婪目光。他的視線從臉蛋、頸間，一路掃到她日漸豐滿的胸脯以及纖細的柳腰。她身體的每一寸肌膚都已經成熟到足以挑逗任何一個男人的感官。特別是這麼與她朝暮相處，看著她從一個女孩蛻變成一個誘人的女人，就算心裡頭清楚與她相隔甚遠的年紀，也難掩他內心幾近飽和的慾望。

「我的王——」

一道熟悉的聲音倏然地打斷那法亞媞遠走的思緒。她輕側了頭，就看見傑洛克修長的身影不知道何時出現在法老王的身前，正等著王的指示開口。只見他朝她睨了眼，但很快地又回到那不苟言笑的表情。礙於他們彼此的身分，所以在公共場合裡，他們就像是兩個完全不認識的陌生人一樣。

見王一直沒有任何的反應，傑洛克挺直了身子後又宣布道：「王后要我來向你稟告：冠冕王子薩……」

鏘——

一聲突而其來的聲響頓時打斷傑洛克尚未出口的話。那法亞媞只感覺一道蠻力拉扯，隨後便整個人傾身躺進身後的躺椅上。手中的酒甕順勢掉落在地面上，摔了滿地的碎片和四溢而飛的紅酒。圍在法老王身旁的侍寢們因為這意外來得突然，全都措手不及地紛紛跳開，就連傑洛克也顯得不知所措。
那法亞媞根本還來不及反應究竟發生了什麼事，就看見法老王淫穢的臉已經逐漸地朝她逼近。他顯然已經色慾薰心得聽不到任何人說話，更不可能注意到傑洛克在場。他飢渴般地想將她占為己有，更伸手將她整個人拉至身前，以一身的肥肉不斷地朝她的身子壓近……
不！
意識到接下來要發生的事，那法亞媞全身的神經在瞬間緊繃，就連思緒都成了空白。她下意識地想要抗拒法老王強壓在自己身上的重量，視線卻只能無助地在傑洛克與法老王之間來回遊蕩。只不過從傑洛克的錯愕和法老王難掩的慾望來看，都只是更加地證實了她的恐懼……
不——
那法亞媞驚恐地瞠大了雙眼，想要呼救卻發現喉間竟然擠不出一字半句……
「我的王——」
她看見傑洛克倉惶地想說些什麼來轉移法老王的注意力，但法老王顯然什麼話也聽不進去，仍是粗野地扯掉她的腰帶以及亞麻衣，以蠻力硬是支開她修長的雙腿，想要強行貼附到她的身上去。
他忍耐得夠久了！阿門厚德三世暗咒；他再也不在乎她是堤亞故意設計在他身旁的陷阱，他要讓她立刻就成為他的女人！

那法亞媞強抑著眼裡的淚水，仍是努力地想要拉開自己與法老王之間的距離。但他沉重的身子卻讓她根本沒有辦法將他推離半寸。即使心裡一直知道這一天的來臨只不過是遲早的事，但她從不預期會像現在這樣發生在傑洛克的面前，更不希望他目睹接下來要發生的事。

寢宮裡的男女全都只能束手無策地呆滯在原地。即使他們同情她的遭遇，卻沒有人膽敢插手。沒錯，悲傷的情緒染上她的心頭；這正是王宮所能提供給任何人的生活。就連她心愛的傑洛克也不能違反法老王的意願，只能眼睜睜地看著這一切發生。但如果這世上真有神明……她闔上眼睛祈禱；那麼請不要讓她在傑洛克面前成為王的女人……

「你是已經找不到可以讓自己更愚蠢的方法了嗎？」

就在法老王正準備要占有她之際，一道宏亮的嘲弄聲猝然地打斷了每一個人的動作。這讓所有的人回頭朝聲音的方向望去，只見一個壯碩的年輕人此時正帶著十分鄙視的表情，筆直地朝法老王的方向走進。

那法亞媞感覺法老王的身子因為聲音的出現而頓時變得僵直，隨即便意識到那個男人已經走到法老王的身後，更滿是鄙視的眼神唾棄道：「要想瞞著埃及子民，不讓他們知道這個國家有個無能又好女色的法老王已經夠難了。這會兒你難不成是嫌自己的愚蠢不夠眾所皆知，竟然還想在眾人面前猥褻一個年紀比你兒子還小的女人？你是真的老了？還是精蟲衝腦了？」

「你——」

看得出來那個男人的每一句都足以令法老王火冒三丈，但他硬是強抑了怒火，反倒轉頭瞪向那個男人後冷冷地一聲：「你來這裡做什麼？」

「我來這裡做什麼？」年輕人刻意重複了遍他的問題，眼睛也不自覺地朝傑洛克睨了一眼，但他的視線很快地又回到阿門厚德身上：「如果你不是那麼色慾薰心的話，我很確定王后已經派人來通知你了。」他接著決定接續傑洛克未完成的句子：「我來這找個服侍我的宮女。」

「隨便挑。」法老王撇開臉後不耐煩地斥聲道，顯然不想因為他的出現而打斷方才的興緻：「選好後就趕快離我遠一點！我不希望被任何人打擾！」

「那當然。」薩摩斯響亮的笑聲裡滿是狂妄不羈的語調：「我正希望你這麼說呢！我一旦選好侍女後，鐵定不會影響你的興緻，會識相地盡快離開這裡。」只不過他盈著笑容一副不準備離開的樣子，反而還多往前走了幾步，在眾人都還來不及反應之前便傾身握住那法亞媞的手，一把將她整個人從阿門厚德三世身下抽了出來。

「你——」他如此突而其來的舉動讓阿門厚德三世措手不及，只能不可置信地轉頭回瞪他，根本是氣到說不出話來。

「你不是叫我隨便挑嗎？」薩摩斯提醒道：「我相信她剛好就是我所需要的。」說著，他轉頭又將那法亞媞從頭到腳檢視了一遍。似乎很滿意她正是自己要找的女人，於是又回頭望向錯愕的阿門厚德三世淺笑道：「我跟你不一樣。與其浪費滿宮的女人來服伺我，我只要一個就夠了。」

「她不行！」法老王緊握了雙拳斥吼道。這世間哪有煮熟的鴨子飛了的道理？他暗咒：他絕對不能讓薩摩斯就這麼將她從自己的身邊帶走！

但薩摩斯根本無視阿門厚德三世的憤怒，反倒還揚高了語調開口：「為什麼不行？反正我年輕氣旺，她看起來又與我年紀相仿，鐵定可以滿足我的需求。此外，」他刻意挑釁道：「你都已經老得可以當她的父親了。單憑你這把年紀還有那一身的肥肉，是絕對不可能滿足她的。」

「薩摩斯！」阿門厚德三世面紅耳赤，因為從來沒有人膽敢這麼公然地污辱他！

但薩摩斯只是一聲低嘖：「我希望自己永遠也不會成為一個像你一樣無能的王。因為你所示範的是一個絕對腐敗的領導者典範，也是為什麼埃及在你的執政底下一直沒有辦法成為強國的原因……」他的語調裡有抹令人無法理解的苦澀，但他沒有再繼續開口，只是撇開臉後又接道：「我只對這一個有興趣，剩下的你就自己留著吧。」

「薩摩斯──」

刻意忽視阿門厚德三世的憤怒，薩摩斯逕自拉著那法亞媞的手，頭也不回地朝著寢宮外的方向走了出去。他再也沒有辦法在這個寢官裡多待一秒，因為他再也不能忍受父王那副頹廢靡爛的模樣。無法分辨自己是因為他的現況作嘔，還是堤亞對他所做的改變而感到反胃，但薩摩斯對自己發誓，他絕對不會讓自己成為那樣子的法老王。他會讓所有的現狀回到它們原本該有的軌道上

——一個人們還能充滿希望的埃及。

正當薩摩斯拉著她的手與傑洛克擦肩而過的時候，那法亞媞注意到滯留在傑洛克眼裡的歉意。

為什麼？她永遠無法理解傑洛克為什麼總是替她感到抱歉；是因為他的無能為力，還是這個無人能改變的命運？但現在不管答案是什麼，她最不需要的便是這種讓她感到可悲的同情。

只不過她還來不及做任何的思考，薩摩斯已經將她整個人拉出了法老王的寢宮之外，進入另一個她沒有任何選擇的命運。

那法亞媞

堤亞

傑洛克

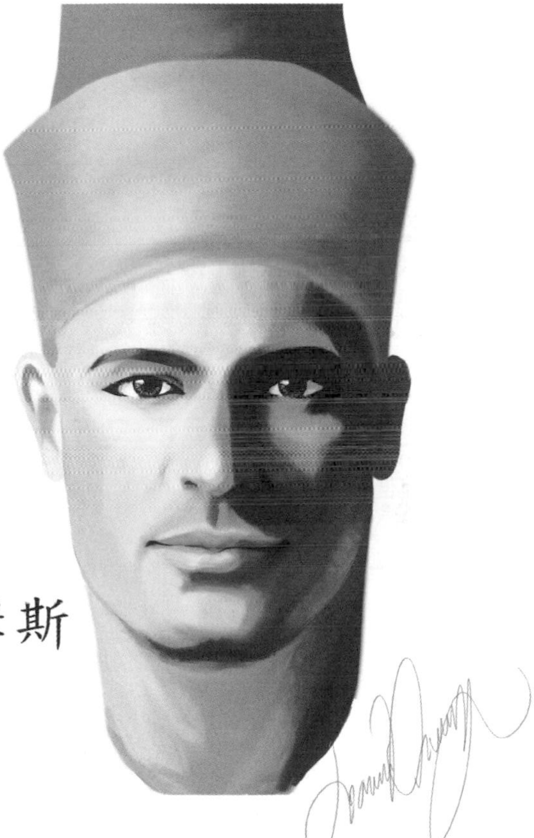

薩摩斯

第九章

他究竟是誰？又為什麼膽敢與法老王對立？

望著薩摩斯的背影，那法亞媞只有滿腦子的疑惑。

他是個高挑壯碩的男人，有著厚實的胸膛以及強健的肌肉，與傑洛克高大的骨架和健壯的體格截然不同，似乎更顯得強壯與龐大。略為粗獷的外表散發著一種狂野的氣息，配合著無人能駕馭的領導者自信，更讓他擁有獨具一格的王者魅力。

她的記憶裡從未見過像他這樣的男人，更不知道他為什麼會在美女如雲的法老王寢宮裡獨選她做為他的侍女。但她很確定的是；現在的她根本沒有時間去研究他是誰，抑或是會被帶到什麼地方，因為體內的情緒已經開始發酵，一如野火燎原般地在她的皮脂下擴散。她的身體開始忍不住地顫抖，就連呼吸也變得急促。方才的驚嚇終於與她的身體達到共識，開始指揮她的所有感官。

羞辱、恐懼、哀傷、難堪、憤怒、沮喪、以及傑洛克滿是歉意的表情，全都在此刻蜂湧上她的心頭，並刺激她體內壓抑許久的情緒。所以當他溫熱厚實的大掌才一鬆開，她想都不想地便朝他俊美的臉上狠狠地甩了一個巴掌。

啪——

清脆的響聲打破了空氣中的沉寂。薩摩斯雖然不預期這個女人會賞他一個巴掌，但那抹訝異卻也很快地讓一抹性感的微笑所取代。果然很與眾不同，他低笑；身為宮裡的侍女，不知道他的身分也就算了，但光念在他才剛剛將她從阿門厚德三世那個肥豬身旁救了出來，好歹也該說聲道謝，卻沒想到這個女人這會兒竟然把他當仇人似地恩將仇報，賞了他這麼足力的一巴掌？但笑意只隨著思緒不斷地在他的心頭擴散，也因為她這麼一巴掌，所以他清楚地知道；他果然沒有找錯女人。

隨著胸口的興奮感遽增，一抹想要征服她的渴望也急速地在他的體內擴散。從來沒有一個女人可以如此激起他的慾望，更沒有人可以讓他如此急切地想讓她成為自己的女人。

空氣中的死寂讓人感到窒息。那法亞媞根本不知道自己為什麼會摑他那麼大的一個巴掌，但那顯然是一個她無法控制的反應。

她其實應該感謝他將她從法老王身邊救了出來，更應該感謝他讓她避免在傑洛克面前發生的難堪。但是不知道為什麼，她就是沒有辦法謝「他」。或許是因為他那豪放不羈的外表讓人覺得他什麼都不在乎，也可能是那雙黑眸過於直接又肆無忌憚，但如果他身上有什麼東西是讓她討厭的，那麼他習以為常的極度自信和絕對的存在感絕對首當其衝。簡單來說，她就是不喜歡他身上所散發出來的危險氣息。

他到底是誰？又有什麼權力可以擅自將她帶離法老王的寢宮？那法亞媞自問；就算他狂妄地膽敢挑釁法老王的權力，又憑什麼恣意妄為地改變她可悲的命運？

老實說，她根本不知道自己究竟是為了當下的情勢感到憤怒，還是為了自己的無能為力感到可悲，只知道淚水這會兒又在她的眼眶中打轉。但她一點也不想在這個傲慢自大的男人面前掉淚，所以也只能咬緊了唇，急切地轉身想要從他的身前逃開。

只不過他根本不給她這個機會，她都還來不及跨足，他已一把將她摟進了自己的懷裡，以她從未體驗過的熱情攻占她的雙唇。這突而其來的舉動讓她顯得不知所措，雖然她使力地想要將他推開，但他堅如頑石般的身軀卻絲毫不為所動。他厚實的臂彎緊緊地將她鎖在炙熱的胸前，狂野的吻極具侵掠性地侵犯她所有的感官，他的一舉一動全都令人感到惶恐與陌生。

「……放開我！」好不容易捉到一絲喘息的空間，那法亞媞急忙嘶吼道：「你沒有任何權力碰我！」

「沒有權力？」那法亞媞的抗議很快地便換來他喉間的一聲低笑。他加重了手臂的力道將她摟得更緊，隨後又傾身輕咬著她的耳垂邪佞地笑道：「除了那個癡肥的老頭以外，我大概是整個埃及唯一有權力碰妳的人了。」

這話是什麼意思？他的絕對自信讓她感到格外的困惑，只不過她還來不及做任何反應，他已經毫不費力地將她整個人抱了起來，傾身躺進她身後的大床之中，以他如鐵石般壯碩的身體將她牢牢地地鎖在身下。

那法亞媞驚慌地使力想要想他推開，但他卻依舊不為所動，反倒以大掌制服她掙扎的雙腕並將它們強力壓制在她的頭上，隨後又以腰身支開她修長的雙腿。結果不到一秒的時間，一股撕裂般的刺痛突而其來地從下腹衝擊而上，讓她痛苦地弓起了身子，任由那抹侵略感以前所未有的速度衝擊她所有的感官。她想要嘶聲尖叫，卻發現所有的吶喊全卡在喉間。

好痛！淚水凝聚在她眼眶之中，痛苦的感覺急速地在她的體內擴散。從來沒有人如此傷害過她，猶如要置她於死地一般。

只不過當那抹痛觸及她的同時，薩摩斯的身子也在瞬間僵直。只見他瞠大了雙眼，彷彿在體驗一件不可能的事情一般：「……這怎麼可能？」她聽見他不可置信般的低語。

「放開我！」那法亞媞恨透了眼前這個男人的強而有力，但更討厭體內的侵略感好像要將她整個人撕碎一般。但她發現自己除了嘶吼以外根本什麼事也不能做，所以也只能重複道：「放開我！」

但他似乎沒有這樣的打算……

薩摩斯和緩了自己強硬的態度，改以溫柔的擁抱將她緊緊地擁入自己的懷裡。他環抱著她的雙臂猶如在保護一件脆弱又易碎的東西一樣，讓她無法想像一個像他這般粗獷的男人竟也會有如此溫柔的一面。只見他低下了身子並輕柔地在她的耳畔安撫：「噓……」他低喃：「會過去的。」

不知道是什麼緣故，體內如火燒的刺痛竟然就這麼尾隨他的低喃慢慢地消失，讓她再也感覺不到任何痛，正如同他在耳邊承諾的一般，逐漸地被一種從未體驗過的感覺所取代……

那法亞媞睜開雙眼遙望著眼前石灰白的天頂許久，腦子也跟著呈現一整片的空白。她無法思考，只能允許自己沉浸在這無聲的寂靜與祥和裡。她彷彿有好長一陣的時間不曾如此享受片刻的寧靜……只不過這樣的念頭並沒有持續多久，她很快地便讓身旁傳來的溫度拉回到現實之中。

一意識到他的存在，便讓那法亞媞迫不及待地想要儘快逃離這個地方，但身體的每一吋肌肉卻因前一夜的翻雲覆雨而不斷地向她抗議。她恨透了這樣自己，更討厭回憶起他在她身上所造成的種種反應，所以硬是勉強一身的痠痛，強迫自己從大床上起身。

只不過她的身子都還來不及坐直，一道強而有力的臂膀這又扣上她的腰際並將她整個人再度拉回大床之中。如果真的要細數這個男人令她厭惡至極的項目，這大概是最令她扼腕的一件事；那就是她發現自己根本沒有能力反抗他。事實上，她甚至懷疑整個埃及有人能夠對抗他的蠻力……

她不悅地回頭望向薩摩斯的臉，卻發現他深邃的黑眸正目不轉睛地凝視著她，彷彿試圖從她的眼中得到所有問題的答案似的。

她不喜歡他給她的感覺，更不喜歡自己在他的注視之下的赤裸。他似乎很擅長洞悉人心似的，所以為了不讓他侵犯自己僅有的隱私，那法亞媞很快地撇過臉，因為她太清楚地知道自己的思緒是如何輕易地讓人看穿。

但他的手很快地便阻止她撇開臉的動作，並握著她的下顎硬是強迫她直視他的雙眸。一直花過了許久的時間，這才終於聽到他開口：「……這怎麼可能？」他雖然又重複了同樣的句子，但她卻無法理解那是什麼意思。

什麼是不可能的？她蹙眉咕噥道：「我不知道這句話是什麼意思。」事實上，王宮裡的生活是如此地荒謬，她懷疑能有什麼不可能的事。

他仔細地觀察著她臉上的每一個表情。一直花了許久的時間他才又開口。只不過這一次，他的語氣中多了一抹難掩的愉悅，就連問題聽起來都像是一種嘲弄：「怎麼可能在我之前從來沒有男人碰過妳？」

突然間，她了解了他語氣中的愉悅。因為身為一個法老王寢宮裡的侍女卻從來沒有讓陛下臨幸的確是件很不可思議的事，就連她自己都覺得難以置信。尤其是當陛下總是嫌服侍他的女人不夠多的情況之下，她的守身如玉自然而然地就成了最荒謬的事實。

但這也是為什麼傑洛克一直不敢碰她的原因。那法亞媞緊抿了下唇回答：「沒有人膽敢碰陛下的女人。」

但那正是他對她的清白感到不可思議的主因。特別是清楚地知道父王是怎麼樣的一個人，又如何試圖在眾目睽睽之下強占她的身體，薩摩斯有十足的理由相信：「王……」那個色慾薰心又無法自拔的糟老頭……「從來沒有碰過妳？」
從來沒有？這個字眼讓她很快地便想起了阿門厚德三世昨天是如何將自己強壓在她身上，害她祈求上天不要讓一切在傑洛克面前發生的畫面。雖然老天的確讓她如願以償，但她最糟的惡夢還是成真，只不過是換了另一個劊子手來執行相同的工作罷了。不知道為什麼，她覺得那樣的話聽起來十分的諷刺，特別是從他的嘴裡說出來。所以她咕噥道：「不是被你打斷了嗎？」
打斷？薩摩斯停頓了一會兒，但很快地便憶起了昨天在法老王寢宮將她拉出來的事。雖然他清楚地知道自己壞了阿門厚德三世的好事，但他從不預期那是他第一次試圖想要占有她。他懷疑有人可以抗拒她的吸引力，更是訝異阿門厚德三世竟然有足夠的自制力可以抵抗她如此難以抗拒的美色。只不過現在不管他是如何地感到驚訝，他都很高興自己打斷了法老王的興緻。一股莫名的滿足感頓時湧上他的心頭，使得他的表情都掩不住那抹情緒。他的確很高興自己是她生命中唯一的一個男人，更確信她將從這一刻開始完全屬於他一個人。
然後，他的視線再度回到她的臉上。他突然發現她有一張十分美麗卻也固執的臉，一張他很確信自己永遠不會厭倦的臉。「妳，」他以手背輕撫著她的臉龐低語：「很失望沒有成為陛下的女人嗎？」雖然他早已經知道了答案。
只見那法亞媞咬緊了下唇並撇開了臉。幾乎每每只要一想到法老王，她就難抑那股蜂湧而上的噁心感。但她一點也不想對他坦白，深信他之所以這麼問只不過是純粹地想要消遣她。「我可以走了嗎？」她回口，一點都不想要滿足他過度驕傲的男性自尊，只想盡快地遠離他的身邊。

她的迫不及待讓薩摩斯感到意外。因為大部分的女人非旦喜歡在他的床褥之間流連，更甚至會哀求他將她們留在身邊。但眼前的這個女人不旦對他一點興趣也沒有，還把他當成瘟疾一般恨不得避而遠之?!這讓他不自禁開始懷疑自己是不是真的失去了魅力。但他的問題沒出口，反倒是回了抹性感的微笑輕語：「妳有任何選擇嗎？」

那法亞媞輕蹙的眉頭更加深鎖，因為她清楚地知道她的階級在王宮的制度底下根本不可能會有任何的選擇，所以也只能抿嘴以表示她無言的抗議。

但她的表情很快地便將他的好奇轉換成一陣爽朗的笑聲。這個女人雖然沒有任何侍女該有的知識，但至少還算有點常識。他必須承認，她身上的確有種不一樣的特質會讓人想要更深入地了解她究竟是怎麼樣的一個女人。

「妳叫什麼名字？」向來，他都不需要知道下人的名字。但現在的他倒是很好奇什麼樣的名字可以形容像她這樣的女人。

那法亞媞沉默了好一會兒這才不情願地回答：「那法亞媞。」

「那法亞媞？」他怔了一會兒，但臉上的表情隨即又讓那抹性感的笑容所取代。「很適合妳的名字，陽光。」

美麗的曙光已到……薩摩斯大概找不到另一個更適合她的名字了，他的微笑很快地便轉換成笑聲，因為她真的像是一道美麗的曙光照進這座枯燥乏味的王宮，為他這一次的永久歸來製造了一個十分有趣以及愉悅的體驗。

那法亞媞發現他是一個很愛笑的人。特別是從她進宮到現在就從來沒有見過哪一個人可以笑得像他如此爽朗與自在，與她習慣在法老王寢宮裡聽到的虛偽笑聲是如此地截然不同。

還有，陽光？她皺起了眉頭，那是哪來的形容詞？從來沒有人這麼稱呼過她。

正當她努力地想要搞清楚他究竟是怎麼樣的一個人的時候，她聽見他又開口：「妳知道我是誰嗎？」

「不知道。」她誠實地回答：「但我想我有個大概。」她隱約地記得婢女曾經提過法老王有個兒子，只是她不記得叫什麼名字。

薩摩斯注意到她對自己的身分毫無興趣，不禁挑高了眉頭問道：「難道妳不好奇嗎？」

「一點也不。」事實上，她根本就不想知道他是誰，只想知道自己要如何離開這個地方並且永遠不要再跟他碰面。因為不管他是什麼身分，她都不想跟他扯上任何的關係。

她腦子裡的思緒總是明顯地浮現在她的臉上。原來她不只是一個說話誠實的人，那雙美麗的褐眸更是沒有辦法隱藏任何的情緒。就連此刻她的臉上那抹該讓人覺得侮辱的想法，薩摩斯都覺得有趣，彷彿她的每一個所做所為都讓他感到十足十的娛樂性。「難道妳從來不會對任何事情感到好奇嗎？」

他是真的把消遣她當作是一種娛樂嗎？她輕蹙起了眉頭咕噥道。一個高高在上的王子又怎麼會在乎她好奇什麼呢？只不過因為他這麼一問，那法亞媞倒也不禁頓愕。如果他真的想知道她對什麼事情好奇的話，那她現在最想知道的事莫過於：「我要怎麼做才會讓你厭倦我？」

那是一個令薩摩斯感到意外的問題。然而，他的驚訝很快地又讓笑容所取代，因為他早該知道她是一個與眾不同的女人。

他一把將她摟進懷裡並感受著她如絲般的觸感，擁抱她的感覺像是要將她整個人融入體內似的。他以前所未有的方式大笑，事實上，他根本就不記得自己上次這麼高興究竟是什麼時候，還以為自己在堤亞的壓制下早忘了該怎麼開懷大笑了。但現在因為她的緣故，讓他再度找回自己的笑聲以及早已被遺忘的喜悅。這次要不是他回到了王宮，大概一輩子也找不到像她這樣獨一無二的女人了吧。所以他暗自發誓：她將會從這一刻開始成為一個完完全全只屬於我的女人。

這個念頭才剛成形就讓他的心頭感到一股莫名的滿足，他甚至發現自己是多麼地享受擁有她的感覺。所以他抑不住喉間的笑意回答：「那將是一個，妳永遠找不到答案的問題。」因為這一刻的他很確定那法亞媞將會是永遠屬於他的。特別是在經歷了這麼多年以後，他終於找到一個可以讓他感到再生的女人。一件他從來不指望在有生之年會發生的事……

第十章

「這是什麼？」

那法亞媞直盯著眼前的湯藥，臉上的表情也不自覺地跟著扭曲了起來。她進到宮裡這麼久以來還從未見過這樣子的東西。但今天一大早起來，一名侍女便即刻將這熬好的湯藥送到她的面前並命令她一定要喝光。她不太確定為什麼她要喝下這樣的湯藥，只不過這藥光是看起來就一副讓人難以下嚥的樣子。

那湯藥有很深的草藥色，十分濃稠並滿是黑色的藥渣。裡頭有種很濃厚的苦混著酸的草藥味，讓她光是聞到味道就有一種想吐的感覺。她抬頭望向身前的侍女，對於這草藥的用途感到十分不解，特別是那令人作嘔的味道讓她希望自己根本不要碰它，但那侍女卻是一臉的堅持，在沉默了好一會兒之後，這才終於開口回答她的問題：「這是去子湯。」

「去子湯？」那法亞媞重複了一次，對於這個名詞感到十分的陌生。去子？她輕蹙起眉頭自問：在她自覺身體無恙的情況之下為什麼要喝去子湯？

望著那法亞媞滿臉困惑的神情，侍女反倒是訝異她的一無所知。宮裡的侍女們只要受過王室貴族寵幸的，無一可以避免喝這去子湯的命運。更遑論她服侍這湯藥給無數的侍女，這倒還是第一次看見如此無知的表情，顯然一點都不清楚這湯藥的功效是什麼似的。這讓她遲疑了一會兒之後終於忍不住解釋道：

「每一個與王室或是貴族交歡過的侍女，在完事後都一定得要喝這碗湯的。」說著，她把湯藥又往前推了一點：「下人是不允許懷有王室與貴族的子嗣。妳昨夜與薩摩斯王子共處了一夜，現在要是不快點把這湯藥喝完，而想要留下王子的子嗣的話，那鐵定會為自己惹來殺身之禍的。所以快點喝了吧，藥涼了就更苦口了，妳早點喝完我也好結束我的工作。」

子嗣？侍女所說的每一句話對那法亞媞來說都是如此的陌生。難道她與薩摩斯的關係會為她製造出他的孩子？她伸手輕撫上自己的小腹，突然發現這樣的念頭竟讓她感到一種前所未有的恐懼。所以她又轉頭望向那碗湯藥，一直遲疑了許久之後，這才終於伸手拿起了碗遞至嘴邊。不管這湯藥的味道是多麼地令人難以下嚥，但她更確定的是自己根本就不想要懷有薩摩斯的小孩。

正當那法亞媞把碗拿起來的時候，薩摩斯剛好從寢室裡走了出來。他精神氣爽的表情難掩他過分愉悅的心情，因為他發現回到王宮裡的生活彷彿不如預期般地令人難以忍受，這使得他這會兒不但享受王子的身分，更滿意他的權力所帶給他的便利。因為他的生命裡出現了一個有趣的人，讓他的生活好像有了新的意義一樣。

只不過他原本愉悅的表情卻在看到那法亞媞的動作之後頓時風雲變色。他二話不說地便大步跨前握住她的手，深邃的黑眸也在瞬間多了抹讓人難以捉摸的情緒。

他如此突而其來的舉動讓一旁的侍女怔了一會兒，從她服侍湯藥這麼久以來還從未見過王子有此刻這般的反應。見他遲遲都不準備鬆手，侍女終於忍不住開口：「王子……這不是她可以選擇的。」

那法亞媞轉過頭望著他，不太確定他阻止她的動機究竟是什麼。只見他沉了臉色，掙扎了好一會兒之後，這才終於不情願地放開自己的手好讓那法亞媞可以繼續。

我到底在想什麼？他一聲低咒：婢女說得沒錯，她的確沒有任何的選擇。

王宮裏有很多的侍女常常為了晉升自己的階級而想盡辦法想要得到王室與貴族的血脈，所以自大古埃及以來便以強行用去子湯來避免這樣的事情發生。由於阿門厚德三世長期沉迷於女色，更讓堤亞嚴格執行這項律法，下令宮裡所有的侍女舉凡與王室與貴族交歡者全都得飲用這湯藥，如有違者則全部格殺勿論。堤亞常說：與賤民生出來的小孩只會破壞王室貴族的血統。所以一旦她發現任何侍女膽敢懷有王室與貴族的子嗣的時候，往往都只有處死的命運。

再說，他現在是等著繼位的王儲，認識那法亞媞也不過一天的事。姑且不論她的與眾不同，抑或是他也直覺地相信她無意想要懷有他的血脈以晉升自己的階級，但在這個非常時刻，他還是不能掉以輕心。

隨著他的思緒沉淪，薩摩斯的眼神也不斷地穿梭在那法亞媞與那碗湯藥之間。他的確沒有任何的選擇……他咬緊下唇，只能緊握著拳頭並壓抑住滿腔的情緒，眼睜睜地看著她把那湯藥給喝下去。

雖然心裡頭有股衝動想讓他成為自己的女人，更甚至是讓她懷有他的子嗣，他也不能讓她冒著隨時可能被處死的命運。即使現在的他對她還沒有任何的情感，但是只要一想到她可能不在自己身邊的念頭就莫名地令他感到難受。所以至少在他確定自己的情感以前，在他正式登基成為法老王以前，他都會想盡辦法確保她的安全，避免與堤亞產生任何的正面衝突。

那法亞媞還是無法理解他臉上那抹沉重的表情究竟是為了什麼。她回頭望向手中那碗湯藥，憶起了侍女稍早的提醒，那樣的恐懼讓她恨不得排除任何薩摩斯可能會殘留在她身上的東西。所以即使湯藥的味道依舊令她作嘔，但她還是勉強自己一股作氣地喝了下去。只不過藥才一進到了胃裏，一抹噁心感隨即湧上她的喉間，即刻地讓她有種有想吐的感覺。

鏘！

一道突而其來的拉扯讓她不設防地摔落了手中的碗而導致一地的碎片。她還來不及做任何的反應，薩摩斯已將她整個人拉進了懷裡並轉頭朝那個侍女咆哮：「出去！」

「但是……」侍女望著滿地的碎片，擔心王子赤裸的腳會因此而受傷。

但她的遲疑卻讓薩摩斯又是一聲斥吼：「滾出去！」

這一聲讓那個侍女嚇到二話不說地便朝門外的方向退了出去。

所有的事情都發生得那麼快，使得那法亞媞根本無法注意到身旁究竟發生了什麼事，只能任由湯藥不斷地在她的胃裡翻滾，製造出彷彿要將她撕裂般的絞痛。

她蒼白的臉色讓薩摩斯抱著她的手不自覺地加重了力道，好似要藉此分擔她的痛楚。

「不要碰我。」她氣如游絲般地抗議，但那抹急湧而上的昏眩與噁心感讓她根本沒有力氣與他做任何的反抗。只感覺他一點也不理會她的反抗，反倒將她緊緊地擁在懷裡，帶著一抹強烈的歉意低頭埋進她的髮絲當中。

但他為什麼要感到抱歉呢？那法亞媞無法了解他的舉動，既然這是王宮中的律法，那他堂堂一個王子又為什麼要為她這個毫不足道的下人感到抱歉呢？難道他不知道她寧願把這令人作噁的湯藥喝完也絕對不想要懷有他的小孩嗎？

那法亞媞此時正拿著沐浴藥草準備替薩摩斯做盥洗而朝著他寢宮的方向走去。自從薩摩斯將她帶離了法老王寢宮以後，她就不再是專門管理膳食的侍女，舉凡他身旁的大小事幾乎都要她一手包辦。這也讓她發現薩摩斯與阿門厚德三世根本是兩個截然不同的人。法老王的寢宮裡有很多的侍女，每個人總是隨時準備著侍候他，更無時不刻地觀察著他的喜怒哀樂。但薩摩斯的寢宮裡服侍他的下人卻寥寥無幾，因為他一點也不喜歡讓人打擾，所以身旁除了她一個人以外，幾乎所有的下人全讓他趕到了寢宮外侯著。

所幸從小與母親相依為命讓她習慣一個人做很多的事情。他因此而欣賞她的能力，但似乎更滿足於可以命令她在身旁忙得不可開交的權力。此外，他似乎了解她的個性，總是交待下人沒有必要就不要干擾她的工作。在不善交際的情況之下，這讓她可以更有效率地把手上的工作做好，也覺得自在了許多。即使她一個人要做很多的工作，但她其實挺喜歡這樣的忙碌來分散自己的注意力以及他強烈的存在感。

此外，替薩摩斯工作並不像替法老王工作那樣言行舉止都要小心翼翼。她既不需要弓身行禮，又可以自由進出他的寢宮——那是在法老王寢宮裡絕對禁止的事。薩摩斯曾經說過：只要她把份內的工作做好，並記得在暮光以前記得回到他的寢宮裡幫他溫床，那他會給她絕對的自由。只不過他也同時聲明為了她的個人安全著想，他不希望在其它的寢宮內找到她。她當然很清楚那是什麼意思。因為即使她可以自由進出薩摩斯的寢宮，但那並不表示她可以在王宮裡暢行無阻。再加上每一個寢宮裡都有各自的規矩，要是在毫不經允許的情況之下越界，就只會造就不可收拾的後果。無論是遇見堤亞王后還是法老王，如果薩摩斯不在身邊的話，那任何的後果都是不堪設想的。

儘管此刻的她該為現在這種不可多得的自由感到滿足，但是心裡頭總還是免不了感到一種空虛，因為她不時地還是想起那段與傑洛克在花園裡見面的日子。

特別是自從薩摩斯把她從法老王的寢宮拉出來以後她就再也沒有見過傑洛克了。不但他沒有任何的機會可以進到薩摩斯的寢宮，她也沒有辦法再進到法老王寢宮裡的那座廢棄花園，這讓她懷疑他們倆還有相遇的一天。

正當她沉浸在自己的思緒，準備朝薩摩斯寢宮的方向走回去的時候，一抹突而其來的力道將她強行拉進長廊上一個漆黑的角落裡。在她還來不及做任何的反應，一抹熟悉的味道與擁抱再度開啟那已被塵封的記憶。「傑洛克？」她的聲音掩不住那抹不確定的顫抖，因為她突然害怕這只不過都是她一個人的幻想。但怎麼可能是假的？她的感官不斷地證明他的真實，也讓淚水情不自禁地溢上她的眼眶。她從來沒有這麼思念過一個人，也不知道情感可以如此的強烈，所以她伸手環上他厚實的頸項，主動地獻上自己的雙唇。

只不過當她的吻才剛觸及他炙熱的雙唇，傑洛克的身子也在瞬間變得僵直，彷彿用了很大的力氣才可以勉強將她從身旁推開。

「不要——」她抱怨道。不能理解在經歷了那麼多的事情之後，為什麼他還是選擇把她推開？難道她錯以為他們情投意合，他也像她一樣地思念對方？

「對不起，」他略帶哀傷的語氣總是不自覺地在彼此間製造出最遙不可及的距離：「我不能夠……」

「不要說了。」這並不是她想要從他口中聽到的話：「不要老是為你沒有辦法掌控的事情道歉。我需要的不是你的同情而是你的吻。如果你的感覺像我一樣，那就不要再為我感到抱歉，只要回應我的情感就夠了。」說罷，她再度投進他的懷抱裡並獻上自己的吻，期盼他能夠回應她的情感以抹滅薩摩斯在她身上所殘留的記憶。

但這一次他反以雙臂緊緊地將她擁入懷裡，讓她根本沒有辦法再繼續挑逗他的感官。

「我……」他花了好大的力氣才終於抑住混亂的呼吸，以一種她從未聽過的沙啞語調開口：「不能碰妳。」他不像在對她說話，反倒像是在提醒自己。因為他很清楚地知道那法亞媞若是再繼續嘗試的話，只會輕易地突破他最後的一道防線。但他沒有辦法拿她的生命來冒險。不要說她是他這一生中唯一心愛的女人，若是因為自己的疏忽而造成她的死亡的話，那將會是他一輩子不會原諒自己的事。

「為什麼不能？」他聽見那法亞媞略帶顫抖地抗議道：「我只想要跟你在一起，我只希望你一個人碰我……」

「那也是我夢寐以求的事。」他的低語如同呢喃一般。但他又怎麼能坦白自己對她的渴望已經幾近難以忍受的地步呢？特別是當他與王后在一起的時候，腦子裡幾乎全都是她的影子。

「那為什麼你總是在拒絕我？」她不懂：「為什麼你不能像對待一個女人那樣碰我以及吻我？」如果他和她有著相同的渴望，為什麼他總是千方百計地想要拉開他們彼此間的距離？

「妳知道為什麼，」他猶豫了一會兒之後才又輕柔地開口：「我沒有辦法踰矩碰妳。」

那法亞媞發現自己是多麼討厭從傑洛克口中聽到這樣的句子，更厭惡這個以腰帶來斷定她服侍階級的愚蠢制度。為什麼她的情感該由一條毫無意義的腰帶來做決定？又為什麼他們的身心要由他人來掌控？這王宮裡的獨權制度只讓她為現今的處境感到更加的可悲，他們甚至沒有辦法追求內心真正想要的歸宿。

「難道你寧願看法老王調戲我，抑或是王子占有我，也不願意碰我？」她抑不住眼眶中的淚水：「難道在他們還沒有厭倦我以前，我永遠都不能愛你嗎？」

他沉了臉，語調中也掩不住那抹哀傷：「對不起。這不是我能控制的事。我會盡我所能地保護妳，但是只要你還是服伺王室的侍女，那麼我能做的就真的很有限。」他也不想在她面前坦承自己的無能為力。

「不要再跟我說抱歉了！」她難過地開口：「我需要的不是同情，而是你的愛。」

「那妳就更應該知道我一直都是愛妳的。」他環緊自己的雙臂，並將臉埋進她的髮裡。已經沒有任何的言語足以形容他此刻的悲痛：「如果我有能力的話，我寧願像此刻這般一直擁著妳，讓妳遠離所有的傷害。我會將妳帶離這個王宮並還給妳一個妳真正想要的生活。」

他的話只讓那法亞媞更加地心痛；她多麼希望時間能夠這樣停止……但不管她再怎麼無理取鬧，又怎麼能忘記他們彼此置身在強權下的無奈？

所以她的反抗終究只能選擇放棄。感受著傑洛克在耳畔的心跳，那法亞媞一聲輕嘆：「我知道。」傑洛克的心意她一直都是清楚的。正因如此，她又怎麼有辦法對他發怒？因為她清楚地知道他已經盡力了。但只要她還是服侍王室的侍女一天，那麼傑洛克所能為她做的就真的很有限。

他們就這樣相擁了許久，傑洛克這才終於輕輕地將她推開自己的胸前，並以深情望進她美麗的褐眸。他伸手輕撫她細緻的臉頰，修長的指尖從她的頸項滑向她的腰際，一直等到他的手指觸碰到她身上的腰帶的時候，他臉上的表情也不自覺地變得深沉。他像是記起了什麼，一直遲疑了許久，這才終於開口低問：「他……有傷到妳嗎？」

那法亞媞一時之間還不能理解這句話的意思，但很快地便記起了那天薩摩斯將她拉出法老王寢宮的事。傷到她？她不自覺地緊咬了下唇，不確定自己是否能夠回答這樣的問題。她很確定薩摩斯沒有傷害到她，但她卻反而為自己在他的觸碰之下所產生的反應而感到羞恥。

這該是他早就預期的答案，因為宮裡上下的侍女無一不想眷留在王子的床褥之間。即使他很清楚那法亞媞對他的情感，但他還是忍不住輕嘆：「我開始擔心他可能永遠也不會對妳感到厭倦。」事實上，那才是他一直擔心害怕的事。

那法亞媞很清楚這話的意思，但她更確信薩摩斯絕對不會將她留在身邊一輩子。「不可能的。」她伸手環上他的腰際並將頭枕在他的肩窩裡輕語：「他身旁的女人眾多，更遑論我還是一名侍女。我相信他很快地就會對我產生厭倦的。」

傑洛克沒有回嘴，只是緊緊地將她擁在懷裡。他沒有辦法像她如此樂觀，就連腦子總會不停地自問：那一天真的會到來嗎？如果那法亞媞繼續待在法老王的寢宮的話或許還有那麼一絲的機會。但薩摩斯王子是一個年輕氣盛又狂妄不羈的男人，別說那法亞媞的美貌已足以令人眷戀，若是王子清楚她的個性的話，能不像他一樣變得無法自拔嗎？

相處得愈久，他發現自己需要愈多的自制力才可以克制自己不去碰她，就連想要擁有她的慾望都一天比一天來得強烈。這讓他不難想像薩摩斯王子對她或許有相同的感受。他極度地渴望擁有她，也愈來愈無法想像別的男人觸碰她的畫面。他現在或許還可以強迫自己不去碰她，但他再也沒有自信可以保持彼此間的距離。因為無論是情感上或是身體上，他開始渴望絕對的擁有。所以他再也不知道事情如果繼續發展下去，他是不是也會有失控的一天……

「妳的眼裡有另一個世界。」

薩摩斯低沉的嗓音將那法亞媞漫遊的思緒斷然地拉回了現實之中。她緩緩地轉頭望向他，並注意到他墨黑的眼眸不知道從什麼時候開始便一直鎖在她的臉上。她不喜歡這樣的眼神，感覺太有貫穿力，好似要將她整個人看透似的。所以她沒有回答他的話，反倒低頭舀了瓢水淋在他赤裸的臂膀上。

薩摩斯此時正攤開自己的手臂，靠坐在浴池的邊緣，靜靜地讓那法亞媞為他盥洗。她其實很不喜歡這個工作，因為她寧願離他遠一點，也不想要站在如此親密的距離。他的存在感太過於強烈，再加上他的赤裸總會不自覺地讓她憶起彼此間那種過度親密的關係，所以只要與他在一起的時候，她總是會情不自禁地想起傑洛克以分散那樣的緊張氣氛。因為只要一想到傑洛克，就會讓她的心裏頭產生一種莫名的平靜。也唯有這樣，她才可以在薩摩斯身旁顯得放鬆。

薩摩斯靜靜地觀察著她臉上的表情，但那只讓他更加確定自己並不喜歡她眼裡那個摸不到的世界。他沉住性子低問：「我也在那個世界裡嗎？」

他的問話讓那法亞媞抬頭睨了他一眼，但很快地又低下了頭回答：「你和我是屬於兩個不同世界的人。沒有任何一個王室與貴族會想要進入到奴隸的世界。」

「那並不表示你這等奴隸不想要進入到王室的世界。」薩摩斯輕揚了嘴角：「我很可能是妳夢寐以求的王子。」

「但你並不是。」她低聲的咕噥：「你的等級是我不想要參與的世界。」

「這話對堂堂一個王子來說算是種侮辱。」他接口：「沒有人不想要參與我的世界。遑論我是所有人夢寐以求的對象，更是下一任埃及的法老王。」

但並不是每一個人對權力都擁有渴望。她咬緊了下唇決定不回覆他如此荒謬的斷論。他王子的身分與他是不是她的夢中情人根本就是兩回事。他根本沒有權力可以命令她該如何思考抑或是心裡的位置該留給誰。此外，既然是堂堂的一個王子又為什麼老是要管她一個下人心裡面在想誰？或許他真的是所有人夢寐以求的對象，但剛好就不是她的。他自大無禮又一意孤行，根本都不在乎任何人的想法。而且，他又為什麼要在乎呢？她咕噥道；正如他所說的一樣，一個萬人之上的王又何需在乎下面的人對他有什麼成見呢？但即使滿肚子的咕噥，但那法亞媞始終以沉默做為回應。

但這樣的反應卻只讓薩摩斯感到更加的惱火。事實上，他總能輕而易舉地讀出她的思緒，即便是她的沉默也難掩她夢裡的世界一點都不歡迎他的事實。

該死的誠實！他低咒。天知道他多麼希望她能像其它的女人一樣對他婀諛諂媚，但話說如此，他懷疑自己若是知道她說謊的時候是否還高興得起來。這真是令人矛盾的感覺，他咕噥道。因為他發現自己竟然期望她能夠誠實地對他說謊?!這個句子光是組裝起來就讓人覺得可笑！也唯有像她這樣的女人才有辦法在他的心頭製造出如此複雜的情緒。隨著心頭掠過的苦澀，薩摩斯發現自己真正想要的是她的愛，只不過他也清楚地知道她不是那種會如他所願的女人。

所以在沉默了許久之後，薩摩斯終於開口：「在那個世界裡，」他難掩語氣裡的妒意：「有另一個男人的存在嗎？」

那法亞媞怔愣了一會兒，但很快地便調整自己的表情試圖隱藏內心的情緒。只不過她雖然沒有開口，但她不擅說謊的眼睛也早已回答了一切。

頓時間，一股強烈的嫉妒感如火燎原般地在薩摩斯的心頭擴散，他強抑了滿腔的怒火壓聲低問：「他是誰？」或許他從來沒有預期她的心裡頭竟存在著別的男人的身影，但不知道為什麼，這樣的念頭竟讓他有種幾近窒息的感覺。

但她沒有回答他的問題，依舊緊閉著雙唇拒絕做任何的回應。因為她很清楚地知道，每一個從她嘴裏說出來的名字都只會成為薩摩斯死刑台上的名單。而她絕對不會因為他的強權而選擇背叛傑洛克。

「該死的——」

薩摩斯一聲低咒，開始厭惡起她的沉默以及那個他永遠觸及不到的世界。他強烈的占有慾讓他希望那法亞媞的世界裡根本沒有其它的男人，更希望她能以謊言來矇閉另一個男人存在的事實。但他清楚的知道那法亞媞的誠實正是吸引他的地方。正因為她的與眾不同，不會像其它人一樣凡事都照著他的話做，所以他才會如此情不自禁地被她吸引。她是那種令男人又愛又恨的女人。

此刻的他雖然不知道該如何讓她開口，但卻清楚地知道該如何讓她的身體回應他。所以他很快地便握住她的手並將她整個人拉進了水池裡，隨後以他結實的臂膀緊緊地將她牽制在他炙熱的懷抱裏。然後他以一手扯開了她的腰帶並順勢褪去她已濕的亞麻衣，強行支開她修長的腿讓她跨坐在自己的身上。他告訴自己：我絕對不允許她的心裡有任何男人的存在！更不會給她任何想念其它男人的機會。因為她只屬於我一個人的！

那法亞媞清楚地知道接下來會發生什麼事，也了解她無法控制自己的身體對薩摩斯的反應。但在這一個當下她很清楚地知道薩摩斯或許可以占有她的身體，但永遠不可能擁有她的心。她確信不管命運將帶給她什麼樣的考驗，她的心都將完完全全只屬於傑洛克一個人的。

第十一章

她真的是一個非常美麗的女人……

第一次看到她的時候，那法亞媞是這麼認為的。

那個時候的她與另一個女僕正準備好膳食要回到薩摩斯的寢宮，卻在遠處看見堤亞王后正帶著那名仕女往薩摩斯寢宮方向走去。

那法亞媞從來沒有見過堤亞以外的貴族仕女。或許正因如此，所以她很難將視線從那位貴族仕女身上移開。也或許是因為她與她是生活在兩個完全不同世界的女人，所以才更加地吸引她的注意。

那個貴族仕女的年紀約莫與她相仿，似乎與薩摩斯相同的歲數。她比堤亞高了許多，光從她緊跟在堤亞的身後的身高差距來看，就不難猜測應該是與她相同的高度。她有十分修長的體態以及一身美麗的線條，就連舉手投足都顯得格外的優雅高貴。她擁有清秀的五官和一頭烏絲般的秀髮，白皙的皮膚更是有別於典型的埃及女人，映襯出如凝脂般的細緻。那個仕女身上的每一個特點都是如此的與眾不同，全身散發著一種十足的貴族氣息。無論是長相或是舉手投足都能輕而易舉地吸引任何人的目光。

那法亞媞在那個貴族仕女的身上一點都看不到堤亞王后慣有的壓迫感。事實上，她身上那種知足安份的感覺與那法亞媞老是與命運鬥爭的感覺就迴然不同，她似乎很滿足於這種受人安排的命運。雖然那法亞媞不能理解為什麼，但她不能否認的是，那個女人的確是她所見過最美麗的一個女人。

「那個是琪亞。」似乎是注意到那法亞媞的注視，駐足在她身旁的女僕輕揚了嘴角解釋道：「她是堤亞王后特地為薩摩斯王子所挑選的王妃，她將成為埃及的下一個王后。」

王妃？她回頭看見堤亞與琪亞正好走進薩摩斯的寢宮裡，所以她下意識地閃開身子以避免王后的注意。這對她來說並不是一件困難的事，因為大部分的僕人總是盡可能地避免與王后面對面的機會。

只不過望著她們的身影消失在薩摩斯的寢宮之後，那法亞媞忍不住好奇；那個叫琪亞的女人是薩摩斯的王妃嗎？他應該無法拒絕如此美麗的女人吧？他們又會在什麼時候舉行婚禮呢？如果擁有那樣美麗又優雅的王后，是不是也表示她很快地就會失寵了呢？

不知道為什麼，這樣的念頭竟讓她因為興奮而變得有點迫不及待。因為在薩摩斯厭倦她的同時，也代表著另一個開始。那麼一直以來置身在王宮裡的夢魘也終將瓦解了吧？

「這位是琪亞，也是你未來的王后。」堤亞向薩摩斯介紹琪亞的同時，也正仔細地觀察他臉上的任何一個細微表情。

她之所以提前將琪亞介紹給薩摩斯，是希望藉由琪亞的美色來馴服薩摩斯那狂野不羈的個性，期望他能有點法老王的自覺。原本她準備等到薩摩斯要冠冕法老王之前再把琪亞介紹給他，只不過最近宮裡貴族們傳言薩摩斯的言行舉止有點反覆無常，以致於她必須提早將王妃介紹給他，期望藉此以改正那些無謂的傳言。

只不過堤亞注意到薩摩斯並沒有因為琪亞的出現而有任何特別的反應。事實上，他的臉上甚至還帶著一抹無聊至極的表情，簡直就跟他的父親一個樣。堤亞不自覺地咕噥。不要說他的舉動根本就不把未來的王妃以及法老王的職權放在眼裡，他的態度更是一點都不歡迎她似的。她緊接著看見薩摩斯不屑地朝琪亞睨了一眼，然後很快地又撇開臉將視線鎖在窗台之外。但正是這樣的態度才讓堤亞覺得更加光火。

薩摩斯向來沒有興趣與母親照面，更不覺得有義務要招待不請自來的賓客。所以當他看見堤亞帶著艾伊的大女兒進到他的寢宮的時候，他的心裡忍不住一聲咕噥：果然是堤亞會選出來的王后人選。別說艾伊是堤亞的親哥哥，琪亞的乖巧聽話更是埃及上下眾所皆知的。

只不過他嗤之以鼻的態度很快地便惹火了一旁的堤亞。「薩摩斯！」她斥吼道：「你那是什麼態度?!我正在向你介紹你未來的妻子，而這是你對待你的王妃的態度嗎？」

「妻子？」薩摩斯輕嘖了一聲，彷彿一點也不受堤亞憤怒的影響似的。只見他臉上的笑容逐漸地擴大，彷彿聽到一則笑話般，好一會兒才緩緩地自躺椅上坐直身子，半挑眉頭地笑道：「可不是？一個乖巧又聽話的妻子，不正完全符合妳所謂純正血統的標準。」

「你——」堤亞面紅耳赤。自從薩摩斯搬回到上埃及以後，似乎總是刻意在挑戰她的命令，更不要說現在的他更是清楚地表明了他一點也不喜歡她精心挑選出來的王妃。

只不過他憑什麼權力決定這樣的事？堤亞感覺憤怒如火燎原般地在她的胸口擴散。對於即將成為法老王的他來說，根本就不能隨心所欲地選擇他想要的王妃。他必須以國家做為考量而迎娶最適合輔佐國政的王妃。更重要的是，他必需迎娶的是她為他所選的王妃！

但薩摩斯刻意忽視堤亞臉上的憤怒，隨後慵懶地從椅子上起身，舉步緩緩地朝琪亞的方向走去。他略帶輕蔑的眼神毫不客氣地將她從頭到腳檢視了一遍。「告訴我，」薩摩斯刻意微傾了身子以便望進她無知的眼眸低問：「妳有勇氣反抗她所說的每一句話嗎？」他以眼神示意站在她身旁的堤亞。

只不過這樣的問題反倒讓琪亞顯得有點不知所措。她側頭望了身旁的堤亞一眼，但視線很快地又回到薩摩斯那一雙彷彿可以洞悉他人的黑眸。外界的傳言果然沒錯，琪亞暗忖：薩摩斯的身上的確散發著一種咄咄逼人的壓迫感。他壯碩的體態以及不容忽視的存在感，強烈地散發著一種領導者的氣息，而他的注視更是讓她莫名地感到口乾舌燥。更糟的是，她根本沒有辦法回答他的問題，因為她完全無法理解他問那句話的重點究竟在那裡。

反抗王后？她輕蹙了眉頭；她為什麼要反抗王后？又有誰膽敢這麼做？堤亞王后所做的一切不全都是為了偉大的埃及嗎？她犧牲了自己以成為埃及子民的母儀表範，她想要遵從都來不及了，又為什麼要反抗她呢？

而這麼看著她的表情，薩摩斯很快地便得到了他所期待的答案。他隨即站直了身子，嘴角也不禁盈上一抹輕蔑的淺笑：「我想也是。」他轉頭望向一旁的堤亞嘖道：「她要不是這麼聽話的話，又怎麼會成為妳欽選的王后呢？」

「你這話是什麼意思？」堤亞咬牙切齒地低吼。

「什麼意思？」難道還不明顯嗎？「只要是妳欽選出來的王妃人選，我一概沒有興趣。」

「你——」堤亞簡直不敢相信自己的耳朵，薩摩斯怎麼敢說出這樣的話?!琪亞不旦是所有女人的典範，更是每一個男人夢寐以求的對象。「這不是你決定的事！」她斥吼道：「她會成為你的妻子，因為你必須在成為法老王以前娶一個王后！」這是古埃及延傳下來的慣例，在法老王登基的同時由大祭司公布王后的人選，以便輔佐國政。

但堤亞的憤怒卻只讓薩摩斯臉上的笑容更顯得落寞。他暗想：這些千古流傳下來的律法，有時候真讓人看不出它們存在的意義。由於愛西斯女神的傳說讓埃及這個母權社會很注重女性的表徵，由一個象徵母權的王后來平衡象徵人神的法老王，成了人民深信不疑的和平象徵。只不過看看眼前的堤亞，薩摩斯不禁暗嘖了聲；她又哪裡是在輔佐阿門厚德三世了？她的存在只是更加速埃及的腐化罷了。

倘若他真的需要一個王后才能成為法老王的話……「那我會自己去找一個！」他回答得斬釘

截鐵。因為在說話的同時，他的心裡頭似乎浮現一個更適合的人選。

而那樣的神情正是堤亞無法忽視的。她閱人無數的經驗讓她很清楚地知道薩摩斯的腦子裡究竟在想些什麼。所以她狐疑地瞇起了雙眼，很肯定地開口：「她是誰？」她深信今日若不是因為女人的關係，那薩摩斯絕對不會選擇與她對立。但整個王宮上下有哪一個愚蠢的女人竟然膽敢與她作對？堤亞暗咒；她絕對會讓那個愚蠢的女人死無葬身之地，因為她絕對不允許任何人來破壞她完美的治國計劃。

薩摩斯根本不需要思考，那法亞媞的影像便占據了他所有的思緒。如果真的可以為自己找一個王后的話，那麼那法亞媞就會是他最佳的人選。因為她不懼強權的個性正是他選擇王后人選的特質，他很肯定那法亞媞要是有機會當上王后的話，絕對不可能受到堤亞的壓迫左右。

但他沒有開口，因為他清楚地知道堤亞絕對會在他登基成為法老王之前，盡其所能地毀掉那法亞媞。就算未來真的有機會可以讓那法亞媞當上王后，他也得先保護她的安危。「我還沒找到。」他隨後一臉漠不關心的表情敷衍道，轉身便朝臥室的方向走去。「但我一定會在登基之前，找一個合適的王后佐政。我現在要去休息了，妳要是沒有其它的事就少來煩我。」就在他語畢的同時，一個新名詞也跟著在他的腦海裡誕生。奴婢王后……薩摩斯只要一想要這個名詞足以讓堤亞崩潰，他就難掩心頭那抹急速擴散的快感。但他清楚地知道這個選擇絕對不是單單為了與堤亞對立，而是因為對方是那法亞媞。她不但會是個與眾不同又勇敢無懼的王后。但更重要的是，她將會是他親自挑選的王后。光是這麼想，他就愈來愈滿足自己為她新加的頭銜。

望著薩摩斯漸逝的背影，堤亞心中的憤怒已如野火燎原般漫延。「我們走！」她咬緊牙，轉身便領著琪亞朝著門口的方向走去。

她絕對會查清楚薩摩斯心裡的那個女人究竟是誰！因為她絕對不會讓一個來路不明的女人成為埃及的下一任王后！永遠不可能！

薩摩斯的身上有很多的疤痕，使得那法亞媞每每在幫他更衣或是沐浴的時候總是不自覺地讓這些疤痕吸引了注意。他曾經捉到她未出口的好奇回答：大部分的疤痕都是來自於他在下埃及執政時所要面臨的動亂與戰爭。

這樣的字眼對那法亞媞來說顯得格外的陌生。

她從來不知道在埃及境內有發生過任何的動亂，但那或許是因為她大部分的時間都在想著如何逃避大眾的眼光，以致於無心關心國家大事的緣故吧。

從薩摩斯的口中，她常常聽到自己所不熟悉的世界。彷彿在認識他以前，她猶如井底之蛙一樣的無知。他說埃及正因為是個豐饒強大又領土遼闊的國家，以致於周邊有許多的國家都不時地垂涎這塊土地，雖然表面上都保持友好的關係，但私底下卻總是在等待進攻埃及的最佳時機。為了向周邊國家維持友好的關係，他的妹妹們也都分別進貢給周邊國王們以求婚約同盟。

此外，除了鄰國的虎視眈眈以外，由於下埃及位於尼羅河口，也是貿易船舶滙集之地，所以自然而然地成了走私以及所有外敵攻陷的據點。為了維持埃及的祥和，他時常要帶領軍隊去平息動亂。

他在下埃及的生活總讓那法亞媞覺得十分的驚心動魄，但他卻從來沒有抱怨過那樣的日子，反倒很感激自己可以透過這樣的機會學會自主獨立。

他的語調中也常常透露出他對堤亞王后執政的不滿，以及如果他登基成為法老王之後又會做如何的改善。每每提到他的抱負的時候，他的眼神裡總是不自覺地閃爍著一種光芒，讓那法亞媞絲毫不懷疑他有完成夢想的能力。

雖然薩摩斯的存在總讓人感覺到十足的壓迫感，但那法亞媞卻特別喜歡聽他說話。因為他很像她的另一雙眼睛；透過他的言語，她這才有機會見識到自己從未接觸過的世界……

「妳喜歡聽我說話。」

薩摩斯的聲音斷然地打斷那法亞媞的思緒。她發現他的問題有時候聽起來都像個命令。她抬頭望向他尖銳又帶趣的眼神，顯然不知道他已經這樣注視她多久了。她隨即低頭避開他的黑眸，一點也不否認他猶如命令般的問題：「你的世界的確很吸引人。」

「吸引人？」他重複了她的句子：「吸引妳嗎？」

習慣了他問話的方式，那法亞媞繼續完成替他更衣的動作後開口：「我習慣活在一個人的世界裡，任何的生活模式對我來說都是新奇的。」
「即便是正常人的生活？」
「即便是正常人的生活。」她回答得輕描淡寫。
薩摩斯略皺了眉頭，這才發現自己對她的一無所知。只見他沉默了一會兒後開口：「為什麼？」
她抬頭望向薩摩斯，卻從他的眼裡發現了她不想回答的好奇。總覺得薩摩斯知道得愈多，她在他面前就愈無法隱藏。所以她很快地低下了頭，佯裝對話從來沒有發生似的繼續自己的工作。
但這樣的反應只讓薩摩斯感到光火，她的沉默有時只會讓他感到更加的沮喪。所以他決定執行自己的強權命令道：「妳必須回答我的問題。」
「我有權力保留我的過去。」
「當妳獻身王宮之際，妳已經失去了所有的權力。」
她抿緊雙唇低頭不予回應，薩摩斯的獨裁有時候只讓她覺得十分的無理取鬧。
但他的手很快地便握上她的下顎，強迫她直視他如火般的黑眸：「妳對我必需絕對的服從。正如我命令妳必須愛我一樣，妳同樣沒有任何的選擇。」
他挑釁的語氣令她感到一抹無來由的憤怒：「那不是你可以命令我的事。」
「是嗎？」他的專制在瞬間轉換成一抹邪佞的笑容，隨後只是一個彎臂便將她整個人摟進了

讓人生的精采走入書頁
開啟跨時空的驚奇旅程
Since 2004

Elephant White Love
像你自己開的出版社
專業出書賣書服務
facebook 白象文化

懷裡。他的手順勢地從她的下顎滑下她的渾圓的胸脯，進而探向她下腹的敏感地帶，以熟練的技巧挑逗她的感官。望著她的臉因他的觸碰而羞紅，薩摩斯得意地低頭在她的耳旁低語：「妳的身體似乎不這麼認為。」

即使自己對他根本沒有任何的情感，但他的觸碰卻總能啟動她的動物本能，讓她不由自主地對他有所回應。她恨透了這樣的自己，所以她伸直了手臂想要支開他的身體，卻再度厭惡他過分結實的胸膛總是讓她無法移動半寸。

他的挑逗讓她反射性地弓起了身子，那法亞媞因為自己無法克制的呻吟而感到羞愧。隨著他溫熱的大手探索她身體每一個敏感的角落，她的呼吸不自覺地跟著急促，身體也開始如火般燥熱。

「我無法阻止自己的身體如何回應你，但我絕對可以控制自己對你的感覺。」她努力地想要找到一絲理智為自己爭辯：「情感是你沒有辦法命令我的事，我永遠不可能會愛你的。」

但她卻聽見他在耳畔一聲低笑：「我很確定那是我可以改變的事。」他揚著笑容，語氣裡多了抹有別於往常的自信挑釁道。他此刻的身體如火焰般炙熱，而他的觸碰更是充滿難以言述的慾望。他將她整個人摟抱了起來，並跨步為自己找個支撐的點。「總有一天，」他以腰身支開她修長的雙腿並在她耳旁低語地警告道：「妳絕對會愛上我的。」而他確信那一天絕對會比她預期的更快到來。

「我要你想盡辦法找出薩摩斯的女人到底是誰！」

堤亞的憤怒讓傑洛克一陣發怔，但他很快地便調整了臉上的表情以掩飾任何的蛛絲馬跡。他不確定王后為什麼會如此地震怒，並且從薩摩斯的寢宮回來之後就做出如此的命令。但不知道為什麼，在王后這麼要求的同時，他彷彿已經知道這個問題的答案。

堤亞一直深陷在沉思裡，絲毫沒有注意到傑洛克臉上的表情：「如果你找到那個女人是誰，我要你立刻除掉她！」

堤亞從來沒有像今天這麼生氣過，更不敢相信薩摩斯竟然膽敢那樣質問她！她花了那麼多年親手調教出來的法老王人選，如今卻成了一個刻意挑戰她權力的人。非旦如此，現在他竟然還想親自挑選王后?!這是多麼可笑的想法！堤亞嘖聲：自古以來，沒有一個法老王是親自挑選王后的！他們可以選進任何的三妻四妾，但未來的王后人選向來是由法老王的母親，也就是上一任的王后親自欽選的。而這會兒薩摩斯竟然膽敢表明自己會去選一個王后?!他是準備到那裡找？而這個人又是誰？

堤亞從小看著琪亞長大，她很確定琪亞擁有所有王后的特質，而她的美貌更是無庸置疑的，但薩摩斯竟然連正眼都不瞧她一眼?!如果連琪亞這樣的女孩他都不屑一顧的話，那他又會選出什麼樣的王后？

這會兒離薩摩斯冠冕的日子也不過剩數月的時間，無論如何，她絕對不能讓一個家世不明的女人來坐享王后的權位，更不能讓薩摩斯的無知來破壞她辛辛苦苦打造出來的埃及。

所以她要這一個女人完完全全地從這個世界上消失！無論那個女人是什麼身分背景，一旦讓她找出來的話，絕對只有死路一條的份。

堤亞的堅定讓傑洛克的心不自覺地跟著糾結。他不禁暗想：那個女人會是那法亞媞嗎？王后下令要格殺無論的女人會是她嗎？若果真如此，又為什麼呢？

在他還來不及做更多的猜測以前，王后的聲音再度拉回了他的思緒：「那個女人一定是在宮裡，要不然薩摩斯不會在這個節骨眼上說出這樣的話！」她逕自咕噥道：「讓薩摩斯一個人去下埃及管理政事真是一大敗筆！看他現在是什麼樣子？傲慢無禮、目中無人也就罷了，現在竟然還想自己選王后?!真的是把王位當成了笑話——」

薩摩斯王子要親自挑選王后？傑洛克怔了一會兒，雖不能理解王子的動機，但卻也只能暗自安慰自己：侍女是不可能成為王后的，所以王后口中的人應該不可能是那法亞媞……

但傑洛克的思緒還來不及釐清，堤亞這又咬牙切齒地發誓道：「我絕對會讓這個女人完完全全地從埃及消失！」

堤亞的表情讓傑洛克很確信她想要除掉那個人的決心，王后的冷血向來是眾所皆知，更何況是阻撓她計劃的人。所以傑洛克也只能不斷地在心裡祈禱：希望那法亞媞跟這件事情一點關係也沒有……

第十二章

每當僕人服伺她飲用湯藥的時候，薩摩斯總是若有所思且神色凝重地望著她。只不過薩摩斯向來霸道與專制，讓那法亞媞根本就不在乎他的腦子裡究竟在想些什麼。

想著，她撇開臉以避開薩摩斯的注視，並回頭望向眼前的那碗湯藥。她向來不喜歡那湯藥的味道。不要說它的味道令人覺得噁心，每每下肚的時候又總是會引發一種讓人難以忍受的絞痛。但僅管如此，她更害怕懷有薩摩斯的子嗣，所以即使她再怎麼討厭，也總會勉強自己喝下去。

只不過今日僕人雖然一如往常地將湯藥遞到她的面前，但薩摩斯卻顯得異常。她雖然不知道他在想什麼，但她很清楚地知道自己不喜歡他眼裡那抹難以言述的堅持。他沒有開口說任何的話，只等到僕人放下湯藥之後便示意所有的人離開寢宮。

送藥的女僕雖然不確定地朝那法亞媞睨了眼，但很快地便依照薩摩斯的指示離開。即使她的工作是確保每一個受過寵幸的侍女喝完去子湯，但她這麼為那法亞媞遞湯藥也有好一陣子的時間了，無論有多少人迫不急待地想要擁有王室子嗣，但她很確定那法亞媞絲毫不想跟薩摩斯王子扯上任何關係。光是從她這些日子的觀察來看，她就很確定那法亞媞就算沒有她的監視也會乖乖地把湯藥給喝完的。

一直等到所有的人都離開了寢宮以後，薩摩斯這才從他的躺椅上起身走向那法亞媞並伸手阻止她去碰那個碗。這樣的舉動讓那法亞媞皺起了眉頭，反射性地抬頭望向他的臉，卻從他的身上感覺到一種很不祥的預感。

只見薩摩斯沉默了好一會兒之後，這才神色凝重的開口：「我要妳為我生個孩子！」他的語氣明顯地表達那是一個命令，而不是一個要求。

這對他來說並不是一個草率的衝動，而是深思熟慮後的決定。他從來沒有遇過像她這樣的女人，與她相處的日子愈多，他就愈難以克制想要將她占為己有的渴望。而先前與堤亞的爭執只讓他更加意識到她存在的重要性。他發現唯有在她身邊的時候，他才是最真實的自己。正因為她的率直的個性，讓他更清楚地知道自己真正想要的究竟是什麼。也是在那一刻他清楚地知道她即是他所要的一切，他要她成為他孩子的母親……

他無理的要求讓那法亞媞楞了一會兒，但很快地又回到平淡的表情回答：「你知道那是不可能的事。」因為就算薩摩斯再怎麼無理取鬧，堤亞王后也絕對不會允許這樣的事。

即使她的反應早在他的預料之內，但他的臉色還是不免因為她的回答而深沉。他深鎖起眉頭，語調是如此的絕對：「我可以讓它變成可能的事。」

「千萬不要！」那法亞媞的反射動作讓她隨即意識到自己的失態，所以她很快地和緩了語調後又開口：「請不要這麼做。」清楚知道薩摩斯有絕對的權力可以讓任何事情變得可能，她很害怕他所說的話會因此而成為事實。

但她的反應卻讓薩摩斯的眼神顯得更加的邃黑：「為什麼？」

為什麼？那法亞媞的思緒在瞬間成了一片空白。她該老實地回答他的問題嗎？她咬緊了下唇想要以沉默做為回答，但薩摩斯直視的眼神卻絲毫沒有放過她的意思，更不用說她在他的凝視之下總顯得格外的赤裸，因為他總是能輕易地看穿她的思緒。

「因為……」她抿了嘴，猶豫了許久這才終於坦白：「我不想要懷有你的孩子。」

她的話讓薩摩斯的臉上很快地染上一抹陰霾。他壓低了嗓音後警告道：「這不是妳可以做的決定。」

不是我的決定？自從進到王宮裡工作以後，又有哪件事是她可以決定的呢？一道苦澀劃過那法亞媞的心頭，她恨透了這句話老是強壓著她無法改變的命運。一個埃及所有百姓夢想的宮廷生活，充其量只不過是一個凡事都由權力掌控、階級主導的生活。一種百姓擁有的基本生存自由，在這個大環境底下竟猶如神話一般遙不可及。

即使她早已學會接受自己任人宰割的命運，但心裡頭仍是抑不住那股想要自由的聲音。而現在的她突然很感謝堤亞王后的強行律法，讓她可以選擇不要懷有薩摩斯小孩的權力。「我有！」她賭氣似地反嘴，隨後便伸手將那湯藥拿到自己的嘴邊後大吼：「這就是我的選擇！」

鏘——

只不過藥還沒有入口，薩摩斯一個揮掌再度讓那碗滿滿的湯藥摔成了滿地的碎片。

那讓那法亞媞瞠大雙眼，簡直不敢相信他竟然膽敢與堤亞王后作對?!她憤怒地轉頭朝他斥吼：「你在幹什麼?!」

「我說過，我可以讓任何事變成可能。」他握住她的手以沙啞的口氣命令道：「妳從此以後不准再喝這湯藥。妳必需懷有我的子嗣。」

「你沒有權力這麼做！」憤怒如火燎原般在她的胸口擴散，她簡直不敢相信他已經無理取鬧到這個地步?!

但她的憤怒卻只得來薩摩斯一聲低嘖：「我，」他提醒道：「擁有所有的權力！」單憑他現在的地位就有權力為她決定任何的事。

「不——」胸口的怒火讓皮膚底下急速竄流的血液顯得燥熱。她睜大了雙眼，一直到此刻她才清楚地認清他是多麼地蠻橫不講理、以及不可理諭：「你不能——」

她的憤怒都還來不及脫口，他早已將她摟進了懷裡並強行封住她半張的雙唇。他氣她總是反抗他的意願，但更氣自己對她無法釋懷的占有慾。該死的女人！他低咒：為什麼她不能像其它女人一樣對他唯命是從？

他極具攻極性的吻是她從未體驗過的。她氣他的強悍，但更氣自己的無能為力。置身在宮廷的命運已足夠讓她覺得可悲，而今她的拳頭打在他如鋼鐵般的胸膛竟得不到他任何的反應?!

不！恐懼開始在她的身體的每個角落擴散，她可以聽見內心的吶喊：我不要懷有薩摩斯的小孩——

啪——

好不容易逮到一絲可以喘息的空間，那法亞媞毫不思索地便往薩摩斯的臉上狠狠地甩上一個巴掌。清脆的響聲頓時中斷了所有的動作，薩摩斯整個人竟猶如錯愕般的僵直。這讓那法亞媞有機可趁地順勢將他整個人推開，而後急忙朝門口的方向跑了出去。她害怕聽見薩摩斯追上來的腳步聲，因為她清楚地知道，她絕對不能擁有他的小孩！就算她真的受孕，那個小孩也絕對不會是他的！

一直到她的身影消失在視線以外，薩摩斯空白的腦子裡很快地便填滿了憤怒的低咒：我到底在想什麼？

他暗忖：讓她在他當上法老王以前受孕就如同是宣判了她的死刑。只要她還是宮裡的侍女一天，那麼堤亞便不會允許她懷有王室的子嗣，而且絕對還會想盡辦法消滅她，而那真的會是他想要的嗎？

他從來沒有這種極度渴望一個人卻又同時害怕失去她的感覺。不管他對她到底擁有什麼樣的感覺，他都應該比任何人都還要清楚地知道：在他還未正式被冠冕之前，他能夠保護她的能力終究還是有限。因為偉大的埃及律法在尚未更改以前仍必須得到絕對的服從。

該死的！

他握緊拳頭使力地擊向身旁的牆柱。只是一秒的時間，血絲順勢地滑下他的指關節。他抑不住內心的那股自責：他剛剛究竟在想什麼?!

她從來沒有像此刻這般的徬徨無助……

淚水模糊了那法亞媞的視線，她不確定自己究竟要跑到哪裡，又可以去什麼地方。只能不斷地移動自己的雙腿，期望能藉此逃離這裡，即使那根本就是件不可能的事。

她不能理解事情為什麼會演變到今天這個局面，薩摩斯該是對她感到厭倦，而不是反要求她懷有他的子嗣。無論如何，她都很確定那是她絕對不想要發生的事，因為她寧死也不想要懷有一個她可能會恨一輩子的小孩。

她離開了寢宮之後便筆直地朝著長廊的盡頭跑去，在她還來不及決定自己究竟要跑到什麼地方以前，一股力道握住她的上臂順勢地停住了她的腳步。她反射性地抬起頭，卻愕然地望見傑洛克的身影出現在自己的面前。

傑洛克在看見她眼裡的淚水時不自覺地蹙起了眉頭。他緊接著巡視了下身旁，在確定四下無人之後便將她拉進了長廊旁的一間暗室裡，試圖避開大眾的注意。

她的悲傷總會讓他的心頭一陣糾結，特別是對一個個性倔強又不輕易在人前掉淚的她來說，如此無助又脆弱的淚更是讓人感到心痛。也正因如此，每每她含淚的雙眼總讓他感到更加的不捨，反倒讓心頭種種的問題都變得無關緊要了。

「怎麼了？」他溫柔地望進她的眼眸，並伸手輕拭她臉上的淚水後低語：「發生了什麼事？妳為什麼在哭？」暗室裡的昏暗讓人不自覺地變得大膽，讓他只想將她緊緊地擁進懷裡，為她分擔那淚水後的傷痛。

但她卻沒有辦法回答他如此溫柔的問話。薩摩斯無理的要求以及種種不愉快的回憶全都在傑洛克的問句後一昧地湧上她的心頭。她感覺胸口的挫折感不斷地擴散到身體的每一個角落，根本沒有任何字眼足以形容她此刻的情緒。

「那法亞媞，」她的沉默只讓傑洛克更加地焦躁：「妳必需告訴我發生了什麼……」

在他還來不及接續所有的句子，那法亞媞已經將雙手環上他結實的頸項並投進他的懷裡，以她柔軟的雙唇貼附在他半張的嘴上。

如此突而其來的舉動讓傑洛克措手不及。他反射性地伸手按上她的腰際並強迫自己推開她：「我們不能……」他的語氣再也不是那麼確定。

「拜託你，」她淚眼朦朧地哀求道：「抱我。」

「不行。」他可以感覺自己的理智不斷地與慾望在抗衡。很多時候，他的語氣不像是提醒她，反倒像在說服自己。只不過此刻的他清楚地知道自己的語調裡已經明顯地失去了說服力：「我們不能……」

「求你——」只要這一刻就好……那法亞媞在內心哀求道。她多麼希望可以佯裝自己根本就不是王宮裡的侍女，又多麼希望傑洛克可以抹去薩摩斯在她身上所殘留的記憶。現在的她只想要這麼待在傑洛克的懷裡，不去思考他們的未來究竟會在哪裡。如果死亡真的是她唯一的選擇，她希望自己至少能死在傑洛克的懷裡。

「那法亞媞……」她的脆弱讓他的理智垂涎在瓦解的邊緣。他發現自己再也無法將她推開，更無法否認內心那壓抑許久的情感以及對她的渴望。

不給予他任何思考的時間，那法亞媞再度傾身投入他的懷抱之中，並以熱情的吻挑逗他僅存的感官。在薩摩斯的調教之下，她清楚地知道該如何挑逗男人對她的渴望……

爾後不到數秒的時間，她便聽見傑洛克的喉間傳來一聲嘶啞的低吟，緊接著他一個彎臂便將她整個人摟進了懷裡，低身以所有的熱情回應她的吻，任由慾望如乾柴烈火般燃燒。他再也沒有辦法壓抑自己內心對她的情感，因為他清楚地知道自己是多麼地渴望擁有她，那是一種男人對女人的渴望。

他再也沒有抗拒她的能力，也不能勉強自己什麼都不在乎。他要她！這是他從一開始就知道的事。如果這是他們唯一可以選擇的未來，那他願意在這一刻放下所有的擔憂，和她一起面對死亡的命運……

「妳還沒有告訴我，究竟是什麼事讓妳那麼難過？」

傑洛克將那法亞媞緊緊地摟在懷裡，伸手拭去她臉上乾涸的淚水並以溫柔的語調輕問道。他們赤裸的身軀此時仍炙熱地貼附著對方，但即使在激情過後，他依舊難以釋懷稍早在她臉上看到的哀傷。

那法亞媞抿緊了雙唇，竟不知道該如何向他解釋自己的難過。因為她無法讓傑洛克知道薩摩斯對她的要求。只不過此刻這麼躺在他結實的臂膀裡，感受著從他身上傳來的體溫慢慢地暖化她的心，突然間，她彷彿可以理解薩摩斯無理的要求，因為她不也想為自己心愛的男人生個孩子，祈求白頭偕老的未來？所以在她還來不及整理思緒以前，她發現自己已經不自覺地出口：「……我想要為你生個小孩。」

但這樣的話卻讓傑洛克刷白了臉，身體也在瞬間變得僵直。他不確定自己的耳朵所聽到的話，但更不敢相信這樣的話竟然是從那法亞媞的口中說出來。難到她到現在還不清楚自己的身分嗎？單憑她王室侍女的身分，懷孕只會加速她的死亡……

喔——他忍不住低吟，多麼希望她不要做出如此冒險的事。至少在他們想到辦法可以離開王宮以前，他只希望她懂得如何照顧好自己：「妳不能……」

但不等他開口，那法亞媞的手已經按上他的雙唇：「我知道我不能，」她輕嘆了一聲：「但那是一件我想要做的事。」如果她要懷有任何人的小孩，那她的小孩一定會是傑洛克的而不會是薩摩斯的。

這讓傑洛克鬆了一口氣，隨即握上她的手並在她的掌心中輕落個吻：「妳不應該拿這樣的事情開玩笑。」

「為什麼？」她的口氣裡不免一抹苦澀：「難道做夢也不行嗎？」

「我不是這個意思。」傑洛克低語：「只不過妳還是屬於王室的女人，這樣的話很容易讓旁人誤解。以妳現在的身分，如果妳真的懷孕的話，王后會想盡辦法致妳於死地的。」

「我不屬於任何人。」她堵氣地回嘴。

明知道那法亞媞對這句話有很大的意見，傑洛克也只能輕嘆：「這並不是我們可以決定的事。只要我們還在王宮裡面一天，我們就得要更加地謹言慎行才是。」

這哪是她不知道的事呢？只不過如果傑洛克清楚地知道薩摩斯對她的要求的話，他是否還會像現在這樣地叮嚀她呢？「難道，」她不禁好奇：「你不希望我為你生個小孩嗎？」

「如果妳清楚地知道我對妳的情感，那妳就不會問我這樣的問題。」他環緊了雙臂將她整個人更加地摟進了懷裡：「那是我夢寐以求的事。只不過我的期待並不能改變任何的事實，我再怎麼希望讓妳懷有我的小孩，也沒有辦法拿妳的性命去做賭注。」

「至少讓我試試……」

「不要再說出這樣的話。」他的肯定打斷她所有未出口的話：

「我看不見沒有妳的未來。如果為了冒這個險而讓我失去了妳，我看不見那樣的未來對我來說有任何的意義。」

正因為她清楚地知道他的想法，所以她又該如何向他坦白她已經逐步地邁向死亡，而不是一種選擇了呢？薩摩斯要求她為他生個子嗣，她有辦法拒絕嗎？要與不要的答案都會將她推向死亡的懸崖，這話又叫她怎麼說出口呢？至少，她以為自己若是懷有傑洛克的孩子的話，她會學著去愛那個孩子，而不是去恨他……

只不過這樣的話她一個字也說不出口。因為她清楚地知道傑洛克永遠不會允許那樣的事情發生，也知道他的權限在王室底下的無能為力。

她伸手撫上他的心口，感受著掌心傳來的心跳。這赤裸讓她憶起了他同時是王后男人的身分，這使得她不自覺地低語：「我們不是已經在冒這個險了嗎？」

她的話讓傑洛克的思緒很快地成了一片空白，意識到兩人現在的處境，傑洛克只能一聲長嘆地附和：「沒錯，我們已經在冒這個險了。」他轉頭望進那法亞媞無懼的雙眼，並伸手輕撫著她如絲般的臉頰接口：「這是一件從來不該發生的事，卻也是我一點都不後悔的事。我愛妳，那法亞媞。」他輕喚她的名字：「我沒有辦法再隱藏自己對妳的感覺，更沒有辦法抗拒妳。我雖然沒有辦法給予妳想要的一切，但我卻可以向妳承諾：無論妳發生了任何事情，我都會盡己所能地陪伴著妳，絕對不會讓妳一個人去承擔所有的一切。但請妳答應我要好好地照顧好自己，等到有一天我們離開了王宮，我一定會給予妳一個妳想要的生活。」

但那一天真的會到來嗎？

此刻的她竟無法像傑洛克那麼地肯定。她曾經也幻想兩人會有離開王宮的一天，但現在的她再也不相信那一天真的會到來。姑且不談他們兩人現在的關係，一旦她真的懷有薩摩斯的子嗣，那麼死亡之路就已經離她不遠了。

正因如此，未來對她來說好像都不重要了，此刻的她只想珍惜與傑洛克相處的每一刻，允許自己活在這如夢似真的短暫裡，走一步算一步了。

第十三章

薩摩斯並沒有派人來找她。

等到那法亞媞回到寢宮的時候，天色已經暗了，暮光透進了昏暗的長廊反映出一種莫名的悲涼。或許她應該感謝薩摩斯沒有派人尋遍整個王宮在找她，因為那給予她一點自己的空間與時間足以從那樣突而其來的慌亂中冷靜下來。也或許他清楚地知道王宮之大並沒有她的容身之處、終究得要回到這個地方。但無論她如何說服自己，只要一想到薩摩斯的身影，她就很難對他心存感激。

當她走進薩摩斯寢宮的時候，一旁的侍衛朝她輕點個頭之後便讓她很快地通行，彷彿老早就預期她的出現似的。她同時注意到此時的寢宮顯得格外的安靜，除了門口站崗的侍衛之外，整個宮裡幾乎空無一人，就連原本該點在牆上的油燈都無聲無息。通常唯有在薩摩斯想要一個人獨處的時候才會將所有的侍女遣了出去，但也從來不會忘了叫下人點燈。但他為什麼需要獨處？那法亞媞自問，這才發現她不知道也不想知道。薩摩斯的思緒向來不是她想要理解的領域。

她駐足在空曠的大廳好一會兒，這才遲疑地朝他寢室的方向走去。不管自己多麼不想再見到他，她都清楚地知道這樣的問題不會因為她的逃避而解決，與他面對面不過是遲早的事。因為只要那條金色腰帶還繫在她腰間的一天，她就永遠看不到自己的未來。

昏暗的寢室裡隱約地可以看見薩摩斯躺在床上的碩大身影，但她聽不見他慣有的沉重呼吸聲，也看不見他臉上的的表情。但空氣中充斥著一種悲傷的氣息，讓她的心頭在瞬間浮現起一種從未有過的感覺……

一種莫名的糾結讓她的心口有種幾近窒息的痛。同情嗎？還是罪惡感？她自問。因為除此之外她想不出來自己對他會有任何的感情，她深信自己永遠不可能愛上像他如此狂妄無禮的男人，更遑論傑洛克已經是她今生的最愛。

所以她很快地揮開腦中的情緒，這才舉步朝大床的方向走去。坐在床邊的她可以清楚地看見他並沒有入睡，反倒是專注地凝視著她的雙眼。他們都沒有任何的動作，只是如此安靜地凝望著彼此，一直過了好一會兒才聽見他沉重的語調開口：「……我為自己無理的要求感到抱歉。」

這樣的句子的確讓她有些錯愕，因為從她與他相處以來，從未見過他向任何人道過歉。他總是如此驕傲自大地認為每一個人都是理應服侍他的，根本就不可能向任何人低頭。所以是什麼因素造成他此刻的歉意，又為了什麼道歉？那法亞娓顯得有點困惑：身為侍女的她不是理應服從他所有的要求嗎？

或許是內心早就期待著他的無理回應，所以他此刻的退步竟讓她不知道該從何反應。她感覺心口一緊，說不出那究竟是什麼樣的感覺。只不過她很清楚地知道，他此刻的妥協正是她最不需要的事。「不要跟我道歉。」她撇開了視線，咬了下唇後又接口：「正如你所說的：我一點選擇也沒有。我的職責本來就是該服從你的命令。」這種違心之論讓她停頓了一會兒：「我想……我才是那個需要道歉的人。我為稍早的無禮請求你的原諒。」

在昏暗的月光下，她隱約地看見他厚實的唇瓣抿成一條直線，猶如在掙扎什麼似地沉默了許久後才又接口：「妳沒有錯。」他坦承：「那的確是妳的選擇。只不過我再也不確定自己能夠遵從妳的選擇。」因為他清楚地知道內心對她的渴望早已遠超過他的理智可以衡量的程度。他想要她成為他孩子的母親，他甚至願意冒任何的險讓這樣的事情發生。

她該說什麼呢？那法亞媞自問：薩摩斯的予取予求向來都只是一種習慣，並不需要任何的理由，不是嗎？她想要撇開自己的視線，卻不經意地注意到他緊握的指關節上滿是斑駁的血漬。她伸手輕撫他的傷口，感受著他體內強抑的情緒，在那一瞬間她清楚地知道了他的掙扎。僅管懷有王室的子嗣只會保證絕對死亡的未來，但那真的是他想要做的事。

一道苦澀淺淺地劃過她的胸口，自己不何嘗也希望懷有傑洛克的孩子呢？唯一不同的是，她是因為愛傑洛克才想要生他的孩子。但薩摩斯卻不是因為愛她才對她做出如此的要求，他單純是因為得不到而想要得到。一直以來，他身上總是散發著這種不服輸的個性。他很清楚地知道王后根本就不會允許這樣的事發生，更想要藉此懲罰她不願意妥協的個性……

她輕嘆了一會兒，不知道自己為什麼會突然期望他像傑洛克那樣在乎她？她之於他終究是個侍女，在他的要求底下，她也只能完完全全地服從，不是嗎？她猶豫了一會兒，這才終於找到一個合適的句子開口：「如果你不希望我繼續喝去子湯的話，」她輕聲地承諾道：「那我就不會再喝了。」

她的話才一出口，便可以感覺到他的身子因此而僵直，臉上更是浮現一抹困惑的神情。她決定暫時忽視他怔愣的表情繼續接口：「如果這真的是你想要的，那我會懷有你的子嗣。」

她的話的確令薩摩斯感到驚訝。即使她不懼強權也從未屈服於他，但他從不認為有人膽敢與堤亞作對，而今望見她眼裡的堅定只讓他更加確定她絕對是他唯一的人選……

「妳知道，」他坐起了身子並瞇起雙眼，稍揚了語調提醒道：「這樣的選擇就如同死路一條。」他看似威脅的語氣裡卻掩不住那股滿足。

「我當然知道。」那法亞媞低語：「但至少這是我做的選擇。」

或許是因為她的回答，他臉上的愣怔很快地便讓一抹性感的笑意所取代：「即使這表示你已經決定將自己的未來交付給死神來安排？」

死神？她苦澀地自問；她又幾時害怕過祂的存在呢？「我可以屈就於命運的安排，抑或是接受命運的挑戰。我想……我寧願嘗試冒險。」更何況如果這樣的決定可以加速她死亡的命運，又何樂而不為呢？因為她已經厭倦了令人擺佈的命運。至少現在的她可以嘗試冒這個險，試圖懷有傑洛克的孩子……

喜悅的情緒飛快地染上薩摩斯的臉，他或許曾經質疑自己對她的情感，但此刻的他很確定那法亞媞正是他夢寐以求的女人。他伸手環上她的腰際並一把將她整個人拉進了自己的懷裡。他緊緊地將她擁在胸口，而臉上的笑容也逐漸地擴大。這是一種他從未體驗過的情緒。對於一個衣食無缺的王子來說，他從來不知道快樂竟是如此的簡單。

「我不會讓任何人傷害妳的。」他將自己的頭埋進她的髮裡承諾道，腦子裡也不自覺地浮現起堤亞的身影。他在心裡暗自發誓道；如果她願意冒著自己的生命危險來懷有我的子嗣的話，那我將竭盡身為一個埃及王子的能力，來保護這唯一一個令我動心的女人。

「你瘋了嗎?!」

堤亞的聲音響遍了薩摩斯寢宮的大廳，只見薩摩斯一臉若無其事的臉，讓她直直不敢相信稍早凱德向她報告的事竟然是個事實——薩摩斯竟然讓一個暖床的侍女不再服用去子湯?!

「你到底在想什麼?!」堤亞目不轉睛地瞪視著薩摩斯，高亢的嗓音頓時沉寂了整個寢宮：「你怎麼會愚蠢到命令一個侍女停止服用去子湯?!你到底知不知道這樣的決定會造成什麼樣的後果?!」

但薩摩斯似乎一點也不受她的威脅，反倒以堅決的口氣開口：「這是我的決定！妳犯不著插手。」

「不要我插手?!」堤亞驚呼：「要不是我阻止那些想盡辦法要擁有王室子嗣的侍女們，你早不知道有多少雜種的兄弟姊妹等著來爭奪你王子的位置！」一想到阿門厚德三世身旁圍著那群不知羞恥的侍女就令她感到作噁，更何況是尊貴的王室血脈竟然讓賤民所污染……她低嘖：這種事情絕對不會在她活著的時候發生！

但儘管她格外地嚴加戒備，也萬萬想不到薩摩斯竟然膽敢與她作對，還愚蠢地考慮讓一個侍女受孕?!這要不是下人注意到異狀的話，那她很可能一輩子被瞞在鼓裡。

更糟糕的是，「你竟然讓她停止服用去子湯一個多月了?!」她怒吼道：「你到底有沒有一點王子的自覺？知不知道如此愚蠢的行為會有什麼樣的後果?!」

後果？薩摩斯輕嘖了一聲：「妳指的是讓她懷有我的血脈，還是妳會想盡辦法趕盡殺絕的後果？不過不管妳指的是那一樣，我都已經有了應對的準備。今天既然是我命令她懷有我的子嗣，那表示我也絕對不會允許妳動她一根汗毛。這也就是說……」他傾身直視堤亞的雙眼威脅：「如果妳敢打她的主意，我會以法老王之名、萬神之子的權力與妳交手。」

「你——」怒火在堤亞的體內燃燒，從來沒有人膽敢如此挑釁她。要是讓她發現哪一個無知的侍女竟然膽敢違反她的規定懷有薩摩斯的子嗣，她當然會毫不猶豫地將她置之於死地。但現在可笑的是，薩摩斯竟然也愚蠢到拿自己的前途做為賭注?!「你到底知不知道自己會製造出什麼樣的怪物！」堤亞面紅耳赤地怒吼：「我們高貴的王室血脈絕不能讓一個雜種給毀了！」

薩摩斯堅定的語氣與堤亞的憤怒形成了強烈的對比：「正如我所說的，這不是妳可以做的決定。」他的語調裡有種堤亞從未聽過的絕對權力：「我才是下一任的法老王，不是妳。」他提醒道：「我會決定這件事的進展。而妳，我的母親，請永遠記得不要叫我的孩子『雜種』。只要他的身上還留著我的血脈，他就永遠會是我的第一個子嗣，也會是埃及的王子！」

「你——」

那法亞媞此時正躺在薩摩斯的大床上聆聽著大廳外傳來的爭執聲。

堤亞稍早的時候不預期地闖進了寢宮且怒氣沖天地想要找薩摩斯談判。他起身命令她待在床上不要動，隨後便趕緊去大廳制止了王后進入。只不過不稍一會兒的時間，兩人的爭執聲便響徹雲霄般地傳遍了整個寢宮。

了解堤亞此行的目的，那法亞媞一點也不訝異她為什麼會如此的憤怒，反倒是驚訝薩摩斯竟然會為了她選擇與王后對立。為什麼？她常常自問：像他那麼高高在上的人又何必為她這樣低賤的身分與王后起正面的衝突？

一個月了……她不自覺地伸手撫上自己的小腹自問：她的肚子裡面已經懷有薩摩斯的孩子了嗎？這個問句讓她的思緒成了短暫的空白：還是傑洛克的？

但她決定撇開這個想法，暫時不去思考這樣的可能。於是她決定自床上緩緩地坐起身，卻也在這個時候她聽見薩摩斯在門外大吼：「妳不能——」

在她還來不及反應發生了什麼事情以前，就看見堤亞的身影衝進了薩摩斯的寢室之內。堤亞像是早就預期她會在這裡似的，一進門便與她怒目而視，只不過她臉上的憤怒很快地便讓一抹驚愕所取代。頓時間，時間像是停止了，就連吵鬧的喧嘩也成了一片死寂。只見堤亞一直目不轉睛地盯著坐在床上的那法亞媞，猶如在回憶什麼似的，一直過了好一會兒，這才見她瞇起了雙眼開口：「是妳?!」

那是一雙她永遠難忘的眼睛……腦子裡模糊的影像隨著她的注視而逐漸地變得清晰。堤亞清楚地記得那雙褐眸，因為從她當上王后以後，就從來沒有人可以對她造成如此強烈的威脅。

她已經很久沒有見過這個侍女了，久到根本就忘了她的存在。不要說她根本不預期會在薩摩斯的寢宮裡看見她，更沒想到她竟然就是薩摩斯試圖受孕的女人?!

這樣的發現讓她眼裡的怒火也隨之蔓延。但更令她不解的事：這個侍女不是應該在法老王的寢宮裡服侍阿門厚德三世嗎？如果不是在服侍他，也早該送給奴隸們糟蹋了，又怎麼會出現在薩摩斯的寢宮裡呢？

即使那法亞媞已經多年沒有與堤亞王后正面接觸過，但此刻單由王后臉上的表情來判斷就可以清楚地知道王后顯然還記得她。

但不管王后記不記得她又有什麼差別呢？她自問：膽敢懷有王氏的子嗣就只有死路一條的命

運，會傳到王后的耳裡也只不過是她預料中的事罷了。所以她拉起了身旁的被單順勢地遮掩一身的赤裸，而後便挺直了胸膛，回望堤亞如火般的注視。王后的權威或許令很多人感到恐懼，但卻從來不對她造成任何的威脅。反正這既然已經是她唯一的命運，那她就更不可能在死神的面前低頭。

但那樣的注視正是堤亞恨之入骨的。「侍衛！」她嘶聲咆哮道：「把她給我拖出去！」

就在門外的守衛全都衝進寢室裡準備捉拿那法亞媞的時候，薩摩斯隨即一聲斥吼：「下去！」

這一聲讓所有的吵雜在瞬間化成了沉寂，原本想上前的侍衛們也全都因此楞在原地。薩摩斯見狀後又吼了聲：「全部給我退下去！」

這一次，再也沒有人膽敢反抗他即任法老王的職權，全都舉步消失在寢室之外。

看見所有的侍衛全都因為薩摩斯而違反自己的命令，堤亞憤怒地瞠大了雙眼，直不敢相信薩摩斯竟然為了一個侍女而公然地挑戰她的權力?!

她的視線立刻轉向仍舊坐在床上的那法亞媞。這個一文不值的賤民！她暗咒：今天要不是因為她的緣故，薩摩斯就絕對不會像現在這樣與我對立！想著，她向前跨了步，在那法亞媞還來不及做任何的反應以前，一個巴掌便狠狠地甩在她的臉上。

那一道清澈的響聲讓那法亞媞的臉在瞬間紅腫了起來。堤亞的力道之大讓她再度嘗到鐵般的血腥味。但她仍舊面無表情，只是淡淡地舔去嘴角的血漬。不知道為什麼，血的味道總是讓她感到格外地冷靜，反倒讓她變得更加地堅強而不是懦弱。所以她又回視了眼前怒髮衝冠的堤亞，堅定的眼神示意自己絕對不會在她如此無理的權勢下低頭。

但她過度冷靜的表情以及無懼的雙眼正是堤亞覺得狂怒的主要原因。這個低賤的奴隸！堤亞在心裡頭怒罵道；就憑她幫薩摩斯暖床，她就相信自己擁有比我更高的權力嗎?!堤亞高舉右手準備再狠狠地甩她一個巴掌，薩摩斯的大手卻即時地在半空中制止了她。

堤亞不敢置信地轉了頭，卻注意到薩摩斯瞪視著她的雙眼裡有著不容置疑的憤怒：「我說過……」他警告道：「不准妳動她一根汗毛！」

她從未在薩摩斯身上聽過那樣子的口氣，更不曾見他像今日這般膽敢對她叱吼威脅。這全都是她害的！堤亞滿懷怨恨地瞪向身前的那法亞媞；這個奴隸究竟有什麼能耐讓薩摩斯如此挑戰埃及的所有律法？又究竟是什麼理由讓他相信她所生出來的雜種會勝過她精心為他挑選出來的王后？

「放手！」她轉頭望向薩摩斯後警告道：「我是你的母親！」

但他一點也沒有退讓的意願，反倒字字分明地低忖道：「而我，」他加重的語調裡有著絕對的權力，也因而讓人不自覺地感到一陣寒顫：「以下一任的法老王的身分，警告妳再也不准碰她。」

什麼?!提亞瞠大了雙眼，簡直不敢相信薩摩斯竟然膽敢在她的面前展示自己的權力！她咬緊牙，強抑了滿腔的怒火指向那法亞媞反問：「為了這個女人？」

薩摩斯順著提亞的手勢，很自然地轉頭望向坐在床邊的那法亞媞。在那一瞬間，她不再單純的是個暖床的侍女，而是一個令他的生命變得完整的女人。所以他自信滿滿地轉頭望向提亞宣布道：「這個女人，」他從未像此刻這般地肯定過：「將會是下一任的埃及王后。」姑且不論自己對她的情感，光是看她在提亞面前的冷靜以及無懼死神的勇氣，就足以讓他確信再也沒有比她更適合的人選。

只不過這樣的宣言不但讓提亞怔愣，更是讓那法亞媞感到震驚。

那法亞媞睜大了雙眼直望向一旁的薩摩斯，試圖從他的眼神中解讀這只不過是個笑話。但他是認真的！特別是他的眼神裡有著不容置疑的堅定是她怎麼也不能錯過的。但他瘋了嗎？她自問：怎麼可以在王后面前開這樣的玩笑？他要她成為下一任的埃及王后？偉大的埃及幾時讓一個侍女成為王后？

那法亞媞不能反應，或者應該說她根本不知道該如何反應。但身前的提亞卻已經讓憤怒吞噬，只見她握緊了拳頭，瞪視著那法亞媞的眼神彷彿要將她碎屍萬段一般。提亞隨即轉頭瞪向薩摩斯警告道：「你知道，」她咬牙切齒地開口：「我永遠不會允許這樣的事情發生。」她要薩摩斯記得她現在所說的每一句話。只要她還活著的一天，她就永遠不會讓一個奴隸成為埃及的王后。

說罷，她不等薩摩斯開口，這便轉身朝門口的方向走了出去。怒火正逐漸地侵蝕她的理智，所以她決定暫時不要與薩摩斯對抗，先沉澱現在的情緒之後再想對策。但她確信：那個低賤的侍女是永遠沒有機會登上王后的位置！她對自己承諾道：永遠不可能！

一直等到堤亞的身影完完全全地消失在視線之外，薩摩斯緊繃的肩頭這才終於鬆懈了下來。他鬆開眉頭，隨後便轉身檢視她臉上的瘀青。他不捨地輕撫她的臉龐，眼神卻裡滿是她無法理解的承諾。

為什麼要以這樣的眼神看我？她不懂：為什麼他不能把她當成侍女一樣地看待？他究竟把她當成了什麼？在答應了替他生個子嗣之後，為什麼他還要在王后面前提出要封她為后的謊言？

這樣的念頭讓她不自覺地打了一股寒顫，那恐懼已經遠勝於沒有傑洛克的未來……

「我……」她不確定地開口，彷彿仍在期待從他的口中證實那只不過是一個惡劣的玩笑：「我不能成為埃及的王后。」

但薩摩斯只是深情地望著她美麗的臉龐，如綢緞般的語調卻有著不容置疑的堅定：「妳是唯一可以成為埃及王后的人選。」

他怎麼可以說出如此肯定的話？那法亞媞一點也不認同他的話。遑論她非旦沒有任何足以擔當王后的特質，偉大的埃及由一個賤民取代王后的位置更是前所未有的事。她不希望他任性妄為地為了她而破壞了埃及千古流傳的律法，更重要的是……她不自覺地打了一陣冷顫：如果他發現孩子不是他的呢？

恐懼不斷地在她的心頭蔓延。她很確定的是自己根本不敢去預設那樣的未來，所以也只能開口：「請不要做出會讓你自己後悔的決定！」

似乎早已預期她會有此刻的反應，薩摩斯擴大了臉上的笑意接口：「這已經是一個不能改變的決定。」

「但我不能——」

在她還來不及開口接續所有的句子以前，薩摩斯的吻早已溫柔地覆上她顫抖的唇瓣。他深沉如綢緞般的語調，滿足地在她耳畔低語：「這不是妳可以選擇的事，我的陽光。」

薩摩斯將她緊緊地擁在自己的懷裡，清楚地知道這是他不容置疑的未來。他要她完完全全地屬於他一個人——成為他孩子的母親，也成為他的妻子。如果他即將成為埃及的法老王，那麼那法亞媞自然而然地會成為埃及的王后。他不會給她任何的機會拒絕，更不會讓她從自己的身邊逃開。他對她的情感絕對會成為一件眾所皆知的事。

他的肯定讓她的心如刀割，更尾隨著一股強烈的罪惡感蔓延她身體的每一條神經。她無法預期接下來會發生的事，更不知道一個奴隸又如何成為一國之母？我現在究竟該怎麼辦？這一刻的她感到十分的徬徨與無助，再也不相信有任何的方法可以帶領她走向與傑洛克共老的未來……

第十四章

「這到底是什麼時候的事?!」

堤亞的聲音如雷貫耳般地響遍了整個寢宮。從來沒有人看過王后如此地盛怒，以致於沒有人膽敢隨意出聲，更害怕造成一發不可收拾的後果。

堤亞咬牙切齒地緊握雙拳，任由憤怒如火燎原般地顛覆她所有的感官。自從她成為王后以來就從來沒有人膽敢威脅她。而薩摩斯不但狂妄地在她面前炫耀自己的權力，現在竟然還為了一個侍女來挑戰她的命令?!

該死的侍女！堤亞不自覺地低咒，而那法亞媞的雙眼也在此時栩栩如生地浮現在她的腦海。她永遠忘不掉那對眼睛。堤亞暗忖：因為從來沒有哪一個女人的雙眼竟讓她感到如此強烈的侵略感。這感覺只讓她更後悔當初沒有聽信自己的直覺，早該將她斬草除根才對。

而現在薩摩斯不但想讓那個奴隸懷有他的孩子，竟然還考慮讓她成為埃及的下一任王后?!這是她絕對不容許的事！因為這個女人的存在絕對會對她造成完全的威脅；無論是血脈、長相，還是那無所懼的個性。一個對死亡沒有恐懼的侍女，她可以拿什麼來威脅她？又如何保有她多年來建立的王后尊嚴？

想當初，那法亞媞還只不過是個發育不完全的女孩，而現在她的模樣卻已經足以傾國傾城了。她的美艷遠超出當初的想像，成熟的韻味更是足以吸引所有男人的目光。這也讓她不禁懷疑薩摩斯是否也受到她的美色蠱惑才喪失了心智？

只不過她不能理解的是，一個理應在法老王寢宮服侍或送去替奴隸們暖床的下女又怎麼會出現在薩摩斯的寢宮裡？她又究竟是做了什麼讓薩摩斯考慮將她變成下一任的王后？她不懂這之間到底發生了什麼事，更不能理解為什麼從來沒有人跟她報備過？

她緊握的拳頭隨著憤怒不自覺地陷入了掌心之中。她不允許偉大的埃及有如此不榮譽的事情發生，更不能讓這麼多年來辛辛苦苦安排的計劃就這樣毀於一旦。她所掌權的埃及絕不允許讓一個低賤的賤民破壞！

我才是下一任的埃及法老王，不是妳！

薩摩斯的聲音不斷地在她腦海裡盤旋，她不敢相信他竟然膽敢在她的面前如此展示自己的權力?!她深吸了一口氣以強迫自己冷靜地思考；如果薩摩斯在還沒有登基成為法老王以前就已經膽敢與她做對，那麼在冠冕以後的情況更是可想而知。今日就算她真的找到方法除掉那個侍女，薩摩斯也絕對不會再受她的擺佈。

她的眼神隨著思緒染上一抹陰霾，幾乎得用上所有的理智才有辦法讓自己保持冷靜，因為在除掉那個侍女以前，她顯然還有更重要的事情要做。「傑洛克！」她抬頭命令道：「想辦法把那個女人帶到我的面前！」

雖然她不認為薩摩斯在今早的爭執後會放寬心地讓她的手下靠近那個侍女，但她還是決定要賭賭自己的運氣。因為那個女人，堤亞告訴自己：或許對她還有那麼一點點的利用價值。

「你不可以讓我變成王后！」

等到所有的人都退出寢宮之後，那法亞媞終於忍不住地吼道。只不過薩摩斯一點也不理會她的要求，臉上仍是揚著那抹漫不經心的微笑，彷彿不把她的抗議當做一回事似的。

「這是我已經決定好的事。」他的語氣裡滿是愉悅，隨後便轉身為自己倒了杯酒。特別是當這樣的念頭不斷地在腦裡發酵，他就更加地確定那是他絕對不想要更改的決定。

「但是你有權力可以改變這樣的決定。」那法亞媞緊跟上他的腳步：「只要你想要的話，你可以改變任何的事情。」

「沒錯。」他微笑著輕啜了口酒：「但是我不想。」

那法亞媞簡直不敢相信他竟然在這樣的關鍵時刻還笑得出來?!他究竟知不知道自己在講什麼啊?!「你不能讓一個侍女成為王后！」她警告道。一個侍女光是懷有王室的血脈就足以被砍頭了，更不要說是當上埃及的王后。此外，她暗想道：琪亞怎麼辦？那個王后精心挑選的貴族侍女呢？為什麼他會放棄那樣美麗高雅的女人，而選擇像她如此低賤又不懂規矩的下女？

只見薩摩斯臉上的笑容這又更加地擴大，彷彿她的隻字片語都是他喜悅的來源似的：「正如妳所說的，我的確有權力可以行使任何我想要的決定。而讓一個奴隸成為王后則會是我立國的第一條律法。」

「既然身為一國之王，你就更應該理智地為你的百姓們著想。你所需要的是一個可以輔佐你治國的王后，而不是一個只懂得侍候你的奴隸！在王后面前說出如此不負責的話只是更加顯現你的任性，更不用說你還想要將這樣的無稽之談付諸於行！」

「相反的，」他笑道：「這非但不是無稽之談，可能還是我所做過最好的決定。」

「你根本不知道自己在說些什麼！」

「我不但知道，」他低笑一聲：「可能比妳還清楚。」

那法亞媞緊盯著他那一張笑死人不償命的臉，懷疑他為什麼總是可以說得如此肯定，又一副毫不在乎的樣子？她究竟該怎麼做才能讓他相信她根本不想成為他的妻子？

「如果你真的知道自己在說什麼，那你就更不應該讓我成為你的妻子！因為我根本一點都不愛你！」她咆哮道：「你為什麼要娶一個根本不愛你的人做為你的妻子？」

「王室的婚姻向來不是建築在愛情之上。更何況，」他自信地回了抹微笑接道：「妳不可能不愛我。」

「不！」她不敢相信他的固執簡直已經到了不可理喻的地步：「我一點也不愛你，更不想要成為你的妻子！我到底要怎麼說你才會相信我一點都不想要成為『王后』！」

她當然對這個頭銜一點興趣也沒有。他的微笑轉換成爽朗的笑聲。「陽光，」他嘲弄道：

「就算再不想要也得要啊！因為這是我已經為妳做好的決定了。」

「你不能這麼做——」

「不能嗎？」他挑高了眉頭又戴上那抹令她恨之入骨的笑容接口：「我想要做什麼都可以啊。」

「我是個侍女！」她歇力地吼道。

「所以呢？妳這句話已經重複了不下十次了，難道不累嗎？」他將她一把攬進自己的懷裡，顯然那法亞媞的叫聲對他一點影響也沒有。他滿足地盈著笑容，聲音輕柔地足以溶化任何一個人的心：「我即將登基成為法老王。我既然可以制定任何的律法，自然也可以更改任何一個舊有的成規。所以我親愛的奴隸王后，」他望進她的眼裡又接口：「妳最好開始習慣我給妳的頭銜，因為這將是一個我永遠不會更改的決定。妳會成為我的妻子，也會成為偉大埃及史上的第一個奴隸王后。」

「不！不應該是這樣的！」淚水滑下她的臉頰，那法亞媞幾近歇斯底里般地哭喊：「你應該對我感到厭煩才對，而不是讓我成為你的王后！我根本不是你要的那個人！」

「妳覺得我應該要對妳感到厭煩嗎？」他的語氣明顯地表示著不認同：「那妳顯然一點都不夠了解自己。我說過，我這輩子不可能厭倦你。妳不只擁有我所要的一切，妳的大膽與勇氣更是這個國家強烈需要的。」

天啊……他究竟要怎麼樣才會放過我？那法亞媞突然發現自己有多恨他。「為什麼你要這麼做？」她不懂：「王宮上下美女如雲，你明明可以擁有任何一個女人，又為什麼執意要我？」

「沒錯，我的確是可以選任何一個人來當我的王后。」他同意道：「但我找不到第二個可以像妳一樣點燃我的生命的女人。妳是我的摯愛，也是唯一一個讓我有這種慾望的女人。」

他出乎意料的告白讓她的臉色在瞬間刷白，根本沒有辦法消化他所說的一字一句。「不！你不愛我！也不能愛我！」

「我不確定那是我可以控制的事。」他傾身吻上她的唇瓣後接口：「我愛妳，所以命令妳成為我的妻子、我孩子的母親以及我埃及的王后。只要我是妳的王的一天，妳就得絕對服從我的指令。」

她完完全全不能思緒，因為薩摩斯堅定的語氣已經霸道地決定了她的未來，根本不讓她有任何妥協的餘地。他要她成為他的王后——一個她一生都不想要的位置。他也同時表達了自己的愛意，並命令她以同等值的情感回報。這讓她不知所措地自問；難道他不知道愛情不是他可以予取予求的東西嗎？難道他不知道在她的個人意識受限制的情況之下，她是永遠不可能會愛上他的嗎？

王后……那是一個足以威脅她所有感官的名字，也是一個她永遠不想要成為的角色。

薩摩斯著實加強了寢宮裡的警衛，並且命令她不能在沒有他的允許之下私自出宮。尤其是王后的侍衛以及奴婢更是不准踏進他的寢宮半步。他同時也變得比以往更加地忙碌，彷彿正急著籌備登基事宜，好讓那法亞媞可以儘早登上王后的位置。

那法亞媞不知道那是不是他正在著手的事，但她一心只想要儘快地逃離這個地方，遠離這個惡夢。她不知道這樣的日子究竟會持續到什麼時候，但每在這裡多待一天，恐懼就更加狂妄地在她心裡擴散、漫延。

「我的夫人——」

一道突而其來的聲音剎然地打斷她的思緒。自從王后與薩摩斯正面衝突之後，薩摩斯便命令下人們都要如此稱呼她，更不准以奴隸的身分對待她。只不過「夫人」向來是給貴族女士的抬頭，根本就不適用在她的身上。

她轉頭望向那名侍衛，只見他猶豫了一會兒後才又開口接道：「王后派了傑洛克來找您。」

雖然他很清楚地知道王子不准王后的侍女靠近寢宮，但整個宮裡的人都知道傑洛克是王后最寵愛的侍衛，再加上他又說明那法亞媞在聽到他的名字後一定會見他，所以在沒有任何選擇的情況之下，他只好硬著頭皮進門告知。因為就算薩摩斯王子是即將就位的法老王，他還是害怕王后現在的強權。

傑洛克？

「請他進來！」那法亞媞幾乎是立刻脫口而出。因為在薩摩斯過度的保護之下，她根本不期待自己會再見到他。

「可是……」那侍衛因為她的回答而顯得有點怔愣，根本不敢輕舉妄動。

「我說，」見他原地不動，那法亞媞只好又重複一次：「請他進來！」

發現那法亞媞一副準備要自己去找人的樣子，侍衛無奈的也只好轉身執行她的命令。即使薩摩斯王子吩咐過不准王后的人進入寢宮，但他也同時命令下人要盡可能滿足那法亞媞的要求。

那法亞媞幾乎是等了一世紀久的時間，這才終於看到傑洛克的身影出現在寢宮大廳門口。她隨即請所有的侍衛退了出去。一直等到大廳裡沒有任何人的蹤影之後，那法亞媞再也抑不住心頭的思念，舉步朝他的方向跑去，將整個人投入他溫暖的懷抱裡。「傑洛克！」她伸手緊緊地環上他的腰際之後低訴：「你終於來救我了。」淚水如泉水般湧上她的眼眶，她從來不期待上天會回應她的祈禱——讓她可以再跟傑洛克見一面，並將她帶離這一片混亂。

但傑洛克卻沒有辦法回應她的熱情。他按上她的肩頭並將她從身前推開，以眼角很快地檢視了下寢宮四周後低語：「不能在這裡。」

他們都知道那是什麼意思。因為這裡人多口雜又隔牆有耳，他們永遠不知道別人會聽到什麼或說些什麼，而薩摩斯更有可能隨時會走進來。

所以那法亞媞只好緊咬了下唇並努力地克制胸口滿溢的情緒。似乎是花了許久的時間後才開口：「為什麼？」她調整了語調後又接口：「你難道不是來帶我走的嗎？」

但傑洛克的臉上隨即染上一抹陰霾。他遲疑了一會兒後，這才終於回答：「王后想要見妳。是她派我來找妳的。」

當然，他的回答讓那法亞媞無由地感到一抹失望；要不是奉行王后之命，傑洛克又怎麼會出現在這裡呢？只不過她不能理解的是；當堤亞王后已經下令要盡其所能地讓她消失以後，為什麼傑洛克還要將她帶到王后的面前？

「我有選擇嗎？」她問：「如果王后命令你帶我去見她的話。」

但傑洛克的反應卻是她不預期的。她看見他的臉掠過一抹黯然，思緒也緊跟著沉陷。「妳有。」他猶豫了一會兒之後終於坦白：「王后只是希望我將妳帶到她的跟前，但並不是真的期望這樣的事情會發生。特別是王子已經下令不准任何人靠近這個寢宮，妳可以選擇讓王子繼續保護妳……」那是一個他沒有辦法否認的事實。因為現在除了薩摩斯王子以外，根本沒有人可以保護她。

「如果是這樣的話，」她顯得有點困惑：「那你為什麼還來這裡？」

「因為，」他沉默了許久：「我想要見妳。」除了心裡頭難掩的思念以外，他還想親口問她：「是真的嗎？薩摩斯王子想要封妳為后的事……」

那法亞媞因為他的回答而變得無言，因為她根本不知道該如何回答他的話。再多的淚水都不足以形容她對他的情感，她究竟還能夠做些什麼才能可以改變這該死的未來？「告訴我，」她的語調裡難掩那抹苦澀：「我究竟要怎麼做才可以跟你在一起？」

「我不知道。」傑洛克低下頭，對於這樣問題他也一直沒有答案。好像任由命運的安排只會將他們兩個的距離愈拉愈遠，愈來愈變得沒有交集。

但不能夠跟傑洛克在一起的未來跟死亡又有什麼兩樣呢？那法亞媞輕嘆。無論是在專制的獨裁下求生，或是在薩摩斯的掌控下終老不都是同一種選擇嗎？或許跟著傑洛克去面對王后、接受她過期很久的判刑才是最快的路。因為她再也不希望事情因為她的存在而繼續複雜下去了……所以在沉默了許久之後，她終於開口：「我跟你走吧。」

她的回答讓傑洛克一陣錯愕，但很快地便轉換成一聲長嘆：「妳不需要做這樣的決定。」

「不管我跟不跟你走都不能改變命運的安排。」她抬頭望向他略帶擔憂的雙眸輕語：「如果有一天，薩摩斯發現我對他的不忠，那也會是同樣的結果。不如讓我現在就去面對堤亞王后，好讓所有的一切告個段落。」

即使傑洛克知道她所說的都是對的，但他的心裡面仍難免有那麼一絲絲的期望：「妳知道我希望妳能夠待在這裡。」至少那樣她還能夠好好地活著，或許在他們無法預測的未來裡會有令人意想不到的轉機。

「我知道。」她低語：「但你應該清楚我寧願選擇死亡，也不想要活在一個你我永遠不可能在一起的世界裡。」

了解她的固執，傑洛克在長嘆了一口氣後，只好輕握上她的手承諾道：「我不會讓妳一個人去面對的。」

彷彿在這一刻裡，他們彼此都已經做好了赴死的決心。

「妳的確很有勇氣。」

堤亞盯著身前的那法亞媞，意外她竟然還有勇氣膽敢踏進她的寢宮。她不屑的眼神從頭到腳將她審視了一遍，眉頭也不自覺地跟著深鎖。原本她還無法理解薩摩斯究竟是看上她那一點，但此刻光是這麼打量著她，她也難以否認那法亞媞的確有種令人目不轉睛的特質，即便是她高高在上的王后位置，也因為她的存在而感到一股很強烈的威脅感。只不過她很快地便抹去了心口的那抹不安，隨即揚高了下顎，換上她慣有的高傲表情開口：「妳難道不怕我派人將妳處斬？」她還是忍不住好奇。

「我都在這裡了，不是嗎？」那法亞媞冷靜地回答。死亡與她現在所要面對的問題相比顯然簡單了許多。

但她如此平穩的語氣卻再度挑釁了堤亞。事實是，死亡向來是她用來威脅的最大籌碼，如果這個侍女連對死亡都沒有任何恐懼的話，她根本就不知道該如何控制她。

她冷冷地坐在躺椅上沉思了許久，這才終於起身緩緩地朝那法亞媞的方向走去。如果一個人連死亡都不懼怕的話，那她倒是很好奇這世界上還有什麼事情足以令她感到恐懼。她冷眼看著那法亞媞面無表情的臉孔，卻發現那張臉只讓她愈看愈是光火，所以她舉起了手準備狠狠地賞她一個巴掌，但手才揮到半空卻讓傑洛克厚實的手掌牢牢地握了住。這舉動讓堤亞頓時瞠大了雙眼並瞪向一旁的傑洛克，卻訝異地從他臉上看到與薩摩斯相似的神情。

「你——」怒火在她的胸口中燃燒，她簡直不敢相信竟然連傑洛克都膽敢為了這個侍女反抗她?!但她強抑住那股憤怒，厲聲警告道：「放手！」

傑洛克遲疑了一會兒這才終於鬆開她的手，但他深邃的眼神卻明顯地散發著與薩摩斯相同的警告。這個發現只讓堤亞感到更加地惱火：「這倒是有趣了，」她諷刺地輕嘖了聲，順勢地瞪向眼前的那法亞媞後又開口：「妳真的有蠱惑男人的能力。」

那法亞媞聽不見堤亞對她說的話，因為她的視線一直鎖在傑洛克緊握的拳頭之上。她感覺得到他此刻內心的波濤洶湧，也看得見他努力壓抑的情緒。其實在了解王宮裡面階級的限制以後，她並不期待傑洛克會為了她與王后對抗，但方才的動作卻已讓她的心裡感到一種充實的滿足。為了傑洛克，她想讓自己變得更堅強一點。所以她深吸了一口氣，再度抬頭直視眼前的堤亞。死亡，她這麼告訴自己：是王后唯一能夠加諸在她身上的處罰，也是她唯一的解脫。

或許她應該即刻就處決這個下女以度絕後患，堤亞望著那法亞媞的褐眸試圖說服自己。但也正因為那法亞媞那樣無懼的凝視，才更加讓她好奇這樣的女人究竟會害怕什麼。只不過現在不是她意氣用事的時候，她不該讓自己的情緒壞了所有的人事。所以在沉默了許久之後，堤亞終於開口：「我要妳為我做一件事。」

這樣的話讓那法亞媞顯得有點困惑。她原本期待王后會即刻將她處決，卻沒有想過她會要求自己為她做事，這讓那法亞媞不禁好奇：「妳為什麼認為我會為妳做事？」

即使堤亞的命令從未有人膽敢拒絕過，但她還是忍不住佩服這侍女的膽子。只不過她的意外很快地就讓一抹不屑的表情所取代，彷彿老早就預料她會有如此的回答似的，堤亞冷冷地接口：「這是妳除了死亡以外唯一的生路。」她斜了嘴角嗤笑了聲：「如果妳完成了我所交待的事，那我會給你任何妳想要的條件以做為回報。」

任何我想要的條件？這樣的句子的確讓那法亞媞的心頭產生一陣錯愕。突然間，原本暗淡無光的未來似乎又多了一線希望。那是不是表示她終於可以離開王宮，過著平民百姓的生活？是不是也表示她終於可以與傑洛克相守，共創未來？堤亞的話的確在她的心裡頭創造了種種的可能，只不過當她的眼睛再度與堤亞交集的時候，她還是忍不住質疑：「我怎麼知道妳是個言而守信的人？」

「放肆！」那法亞媞的質疑讓堤亞光火地斥吼：「單憑我埃及王后的地位，豈能讓妳這賤民如此質疑我？」

即使她的直覺不斷地告訴自己堤亞是個無法信任的人，但她說的沒錯，身為侍女的她的確沒有權力質疑王后的命令。所以她沉默了好一會兒之後，這才終於問道：「妳要我為妳做什麼？」

她隨即看見堤亞向她身後的侍女點個頭，那侍女會意地退下，沒多久之後便端出了一個精緻的銀盤，銀盤上有個透明的小罐子。那法亞媞無法理解這小罐子的用途，只好滿臉困惑地再度轉頭望向堤亞。

只見堤亞把那個小瓶子拿起來，若有所思地盯著它望了一會兒之後，這才終於遞到那法亞媞的面前：「我要妳把這東西放到薩摩斯的酒裡。如果他死了，那我自然會給妳任何你所要的東西。」

什麼?!

堤亞的提議讓那法亞媞不可置信地瞠大了眼睛，直直不敢相信自己的耳朵。她在說什麼?!那法亞媞自問；她是在提議殺掉薩摩斯嗎？那法亞媞從來沒有想過一個母親竟然會殘忍到想要謀殺自己的小孩，但是堤亞此刻的語調是如此地冷淡，彷彿在述訴一件與她毫不相干的事情一樣。

那法亞媞驚愕地盯著堤亞的臉，但堤亞的語氣卻只是冷冷地接口：「薩摩斯的任意妄為只會毀滅偉大祖先辛苦創建出來的埃及。為了保護埃及、確保國家不會毀在他的手裡，我沒有任何的選擇。」

怎麼會沒有其它的選擇？那法亞媞一點都無法理解堤亞的要求。薩摩斯或許是狂妄無禮，自大又反骨，但卻是個精明又有頭腦的領導者，或許他揚言要封她為后的舉動的確有點太過瘋狂，但那也不足以成為置他於死地的罪名。更何況堤亞身為他的母親，不是更應該了解他的能力，又怎麼可以以國家為名而犧牲掉自己的骨肉呢？

而且她今天來是為了接受自己的命運，而不是替薩摩斯判決死刑。就算堤亞真的認為薩摩斯的死是唯一的解決之道，又為什麼不派任殺手執行這樣的任務，卻要交付給她這樣的侍女呢？她不解地望向堤亞，期待她能給自己一個合理的答案。

彷彿可以看穿她的心思似的，堤亞緊跟著回答：「因為妳是他唯一不會懷疑的女人。」

沒錯！薩摩斯的確從來沒有懷疑過她，但那並不表示她有能力執行堤亞對她的要求。她雖然不想跟他在一起，但那並不表示她有恨他恨到置他於死地的地步。

似乎是了解她的猶豫，堤亞這又強調：「妳應該很清楚地知道，妳沒有能力成為埃及王后。偉大的埃及更不可能讓一個奴隸來輔佐法老王治理國事。妳既不是天生的貴族也沒有經過任何後天的訓練，偉大的埃及對任何人來說都不該只個遊戲。今日薩摩斯膽敢無視古埃及律法而立妳為后，誰知道等到他正式被冠冕後又會做出什麼樣的事？姑且不管妳的私心，妳難道要眼睜睜看著埃及因為薩摩斯的任性而毀滅嗎？」

堤亞輕蔑的字眼卻是她無法爭辯的事實，因為她的確不是塊做王后的料。但那並不表示薩摩斯無法成為一個治國愛民的法老王啊。

「如果你讓他喝了這罐藥水，」堤亞的聲音再度打斷她的思緒，隨即將藥水放在她的手裡後再次強調：「我絕對會答應妳任何的條件。」

望著手裡的毒藥，那法亞媞的思緒緊跟著變成一片混亂。雖然她從不畏懼面對自己的死亡，但是要她對他人執行這樣的命令卻又是另一回事。她不確定自己有這樣的能力，更不確定薩摩斯的死亡會是處理所有事情的答案。到最後，徬徨無助的感覺不斷地在她的心裡徘徊，她只能自問：我做得到嗎？這真的是所有問題的答案嗎？

「我的王子——」

一陣突而其來的喧嘩聲讓那法亞媞下意識地藏起手中的罐子。在她還來不及反應以前，就看見薩摩斯憤怒地闖進王后的寢宮。

薩摩斯眼裡的擔憂在與那法亞媞四目交集時便一消而逝。他隨即鬆了一口氣，很快地便走到那法亞媞身旁將她一把摟進自己的懷裡以確保她的安然無恙。他隨後又轉頭望向堤亞咆哮道：「我警告過妳，」他的聲音如雷震耳：「不要碰她一根汗毛！」

他的指責得來堤亞一聲輕嘖：「我不會為了這種奴隸弄髒了自己的手。」她朝那法亞媞睨了眼後又接道：「我只是想看看，究竟是怎麼樣的女人會讓你義無反顧地想要封她為后。」

「她是我選的女人。」薩摩斯縮緊了臂彎，狂怒的語調裡難掩那抹憤怒：「在她正式被宣布為埃及的王后以前，妳最好跟她保持最遠的距離！」說罷，也不等堤亞回口，便摟著那法亞媞的肩頭轉身朝門口的方向跨步而去。他再也不能與堤亞共處一室，更不能忍受她任何一秒鐘。走向門口的薩摩斯很確定地知道，他絕對會儘快地讓那法亞媞登上王后的位置以取代他無法容忍的母親。

那法亞媞在離開寢宮以前很快地回頭望了堤亞一眼，藏在懷中的毒藥更是讓她一顆心忐忑不安。她究竟該怎麼做？她求助地望向一旁的傑洛克，卻從他的臉上看不到任何的答案。薩摩斯的死亡還是她微不足道的自由？難到這真的是她可以離開王宮的唯一選擇？但她還來不及想到一個答案，便讓薩摩斯整個人拉出了寢宮之外。

望著他們的身影離開了寢宮，傑洛克還來不及做任何的反應，就聽見堤亞正聲道：「傑洛克，」她的語氣裡難掩強抑的憤怒：「你最好解釋一下你稍早的舉動。」

第十五章

薩摩斯自從出了王后寢宮之後就一語不發，只是緊抿著唇試圖壓抑著滿腔的情緒，而握著那法亞媞的手更像是害怕她隨時會消失一般。他領著她直直地朝著自己的寢宮方向走去，也一直等到他們安然地到達寢宮之後，他這才終於和緩了自己的步伐以及一身的緊繃，轉身將她一把拉進了懷裡，緊緊地將她鎖在結實的臂彎裡。

「我以為再也見不到妳了。」他向來沉穩的語調裡有著一抹不易察覺的顫抖。特別是當他發現王后派侍衛將她帶走的時候，他是真的以為自己再也見不到她了。所以他還來不及懲罰那個愚蠢的守衛便急忙趕去王后寢宮，深怕遲了一秒鐘都來不及拯救堤亞對她的判刑。然而當他看到那法亞媞還活生生地站在他的面前的時候，他幾乎要因此而感謝堤亞的仁慈。

感謝阿門——他將臉埋進她的髮裡長嘆。一直到了這一刻，他才發現她對自己的重要性，也第一次親身體驗到那種害怕失去的恐懼。他這一生從來沒有為任何事情擔心過，就連身處在戰場時也沒有像此刻這般惶恐。只不過現在的他很清楚地知道自己根本沒有辦法承受失去她的可能，所以他暗自對自己發誓；他絕對不會讓這樣的事情再度發生。至少在她成為埃及王后以前，他會盡其所能地確保她不受到任何的傷害。

薩摩斯的溫柔令那法亞媞感到有些不知所措。她從來不知道該如何反應他如此的態度，更不能理解他為什麼總是要對她這麼好。明知道她的心裡頭有其他男人的存在、又不是真的想要懷有他的小孩、更不想要成為他的王后……種種的理由都足以讓他恨她了，但為什麼還是改變不了他的態度？想著，她的心頭再度掠過一抹苦澀；如果他清楚地知道她試圖利用他來懷有傑洛克的孩子？抑或是考慮接受王后的提議以換取自己的自由，那麼他還會像現在這樣抱她嗎？

「我會想辦法讓你儘快地成為王后。」

「不！」薩摩斯的話讓她的臉色瞬間變得慘白，她趕緊握上他結實的臂膀哀求：「你不能那麼做！」

「不是我能不能，」他的語氣裡總是有著不容置疑的絕對：「而是我必須這麼做！唯有等到妳當上王后以後，堤亞才沒有辦法傷害到妳。一旦妳成為王后以後，妳會擁有比她更高的權位，她既無法改變那樣的事實，更不可以再傷害到妳。」

「不——」她的腦子裡根本沒有辦法吸收任何他所說的話，只知道恐懼已占據了她所有的思緒。她不知道該如何阻止這一切，更不知道究竟要對他說多少次的「不」，他才會終於清楚地知道成為王后絕對不會是她的選擇。

「相信我，陽光——」他伸手輕撫上她如絲般的臉頰以試圖安撫她眼中的恐懼：「這對我們來說都會是最好的決定。」

不——

恐懼持續地在她的心口擴散，而焦躁的情緒好像要將她整個人吞沒。即使她再怎麼不想要接受提亞的提議，但若是薩摩斯再這樣一意孤行、執意在最短的時間內將她變成埃及王后的話，那麼她再也不知道自己是否還有其它的選擇……

「你最好向我解釋剛剛的行為。」

傑洛克跟在提亞身邊太久了，所以清楚地知道她話中的意思。他同時摸清提亞多疑的個性，知道該如何應對才不會引起她的質疑。這個時候的他很慶幸自己的偽裝能力遠勝於那法亞媞的誠實，這讓他可以輕易地將所有的情緒隱藏在漠然的表情之下。

「她是王子的女人。」傑洛克平淡地回答：「若是她有什麼萬一，難保薩摩斯王子不會做出什麼瘋狂的舉動。我只是認為現在還不是您與薩摩斯王子對立的時候。」

即使閱人無數，提亞至今還是無法推斷傑洛克語後的真假，所以也只能瞇起了眼，試圖從他的臉上看出一點蛛絲馬跡。但傑洛克說的沒有錯！她不得不承認；現在的確還不是與薩摩斯對立的時候，因為那只會讓她的計劃更難執行。

但即使傑洛克說得有理，提亞還是忍不住質疑：「就這樣？」雖然她現在無法從傑洛克的臉上看出任何的情緒，但她很確定方才從他的臉上的確看見與薩摩斯一模一樣的神情。這讓她不得不揣測：「你愛她嗎？」

這樣直接的問句讓傑洛克怔了一下，清楚地知道自己對那法亞媞究竟有什麼樣的感覺。如果他沒有辦法欺騙自己，那麼他更確定那樣的感覺絕對逃不過堤亞的眼睛。是的，他暗自確認道；他的確是愛她的。那樣的情感已經多到他再也不知道該如何隱藏的地步，只不過在堤亞面前他仍舊得保持冷靜地接口：「她是個十分出色的女人。」

這麼簡單的回答卻足以讓堤亞的血脈賁張，因為自從她認識傑洛克以來就從未見他注意過那一個女人，使得她那種獨占的虛榮感竟因為他的一句話而瓦解。「你知道，」她強抑著胸口的憤怒低斥：「光是這一句話就足以讓我置你死罪。」

傑洛克沒有回嘴，但就是這種如同默認的行為才叫堤亞更為光火。

「明知道她是伺候王室的女人，你們竟然還膽敢互通款曲？怎麼，」堤亞挑釁道：「在我身邊久了，你的膽子倒也變大了？」

「她不知道我對她的感覺，」傑洛克的語調冷靜得令人難以質疑：「她是金色腰帶的侍女。」

他們都知道這句話的意思，也相信傑洛克沒有那個膽子觸犯埃及的律法。今日若不是傑洛克真的善於說謊，那就是他與那個侍女真的一點關係也沒有。只不過他稍早的反應依舊叫她心煩，因為不只是她的親生兒子願意為了那個奴隸與她針鋒相對，這會兒竟然連個侍衛也為她著迷？

「膽敢拿個僕人與我相比？你同樣是死罪一條。」堤亞輕嘖。

「屬下沒有這個意思。」

堤亞挑高了眉頭直盯著傑洛克，顯少有人有辦法逃過她的眼睛，更沒有人有辦法在她面前隱藏任何的情緒。傑洛克是第一個，也是唯一的一個。她並不是真的想置他於死地，因為她清楚地知道自己還沒有對他厭倦，也顯少有男人可以像他一樣地滿足她……有那麼一刻的時間，她彷彿在掙扎著究竟該拿他怎麼辦。也一直過了許久，她這才終於拿了顆葡萄放進嘴裡後開口：「我不會讓你死。只不過……」她刻意拉長尾音：「我要你為我做一件事。」

傑洛克輕蹙起眉頭，不能理解自己還可以為王后做些什麼。

只見堤亞再度咬了顆葡萄後才又接口：「她的確是個很讓人難以抗拒的女人。」她的眼睛一直集中在指尖觸及的葡萄上，但思緒卻不自主地跟著漫遊。王宮裡有數以萬計的美女，個個都想要高攀他們王室與貴族，但顯少有人像那個侍女一樣，彷彿對財富與權力沒有任何的渴望，反倒讓她不知道該如何掌控她。只不過她很清楚地知道只要這個侍女還存在的一天她就永遠無法安眠，更不用說薩摩斯已經讓她停用去子湯數個月的時間。要是真的讓她懷有王室子嗣，恐怕往後會對王室造成重大的威脅。姑且不論傑洛克對她有任何的感覺，現在的她還有更重要的事情要處理……她沉默了許久，這才轉頭望向傑洛克後冷冷地開口：「我要你除掉她肚子裡的小孩。」

小孩?!

這個不預期的字頓時刷白了傑洛克的臉，驚愕也隨著一股寒意爬上他的脊椎。原以為薩摩斯王子致力讓那法亞媞成為埃及王后就已是個需要消化的消息，而今竟然又聽見那法亞媞已經懷有薩摩斯的子嗣?!

還不等他有任何的反應，堤亞這又接口：「薩摩斯已經讓那個下人停用去子湯一個多月了，所以她的體內很可能已經懷有王室的子嗣。」

已經一個多月了?!傑洛克顯得茫然，也突然記了起不久前與那法亞媞的對話，以及這一個多月來無數的纏綿。他不知道該如何形容現在的感覺，彷彿讓人用石錐狠狠地敲了心口一般。

他到底在想什麼？他不禁自責。或許是認定宮女是不允許懷有王室子嗣，所以才會認定那法亞媞會乖乖地喝了侍女呈上的湯藥。但如今竟然是薩摩斯王子試著讓她受孕？明明知道懷有王室子嗣會有什麼樣的下場，為什麼她還要答應薩摩斯王子的要求？又既然答應了王子，為什麼還要與他纏綿？她究竟把自己的生命當成了什麼？又為什麼要冒著那樣的生命危險？

「我絕不允許王室的血統讓奴隸給糟蹋！」堤亞嚴厲的聲音再度將傑洛克拉回現實之中。他望向堤亞，就見她深陷自己的思緒裡咕噥：「我絕對不允許她生下王室的子嗣！」說著，她這又將眼神轉向眼前的傑洛克：「如果她真的替我除掉薩摩斯，」堤亞冷血地嘖聲道：「那麼只要她願意放棄肚子裡的小孩，那我就會考慮放她一條生路。所以我要你在她離開王宮以前確定她喝了去子湯。她如果真想要離開王宮，那也只能夠一個人離開。」

傑洛克沒有辦法立刻回答她的命令，因為他的腦子裡還處在方才的震驚當中。如果那法亞媞真像王后所說的一樣懷了小孩，那麼那個小孩……他顯得有些失措：是否有可能也是他的小孩？

「這是她唯一的生路。」堤亞的眼睛仔細地觀察著傑洛克臉上的每一個線條，彷彿正藉此測試傑洛克對她的忠誠度：「如果你成功地完成這項工作，那麼我將任命你為王室侍衛隊長。但若是你沒有辦去讓她在執行完任務後喝下去子湯，我會確定你們兩個都以死抵罪。」

傑洛克的腦子一片混亂，指尖也隨著握緊的拳頭陷入了掌心之中。氣憤、沮喪、掙扎、憂鬱以及悔恨，根本沒有一個字足以形容他此刻的心情。

他現在究竟該怎麼做？那是一個他永遠回答不出來的問題。重點是，他有其它的選擇嗎？他是該拿她的生命去冒險，還是盡己所能地幫助那法亞媞活下去，讓她永遠不用活在被王后追殺的恐懼裡呢？他虧欠她的是一個正常人的生活。只不過現在的他根本不確定自己是不是有能力執行堤亞所交待的事。

那法亞媞很可能懷了他的小孩……

光是這個念頭，他就不確定自己是不是有那樣的勇氣。因為他很清楚地知道，如果他真的執行王后所說的事，那法亞媞絕對會恨他一輩子的。突然間他開始覺得迷惘。姑且不談那法亞媞會有什麼樣的反應，但是傑洛克清楚地知道，他與堤亞是兩種完全不一樣的人；他永遠沒有辦法親手毀滅自己的小孩。

如往常一樣，偌大的寢宮裡此刻只剩下薩摩斯和那法亞媞兩個人，他總是習慣性地支開所有的僕人，彷彿不希望任何人打擾他們兩人共處的時間。

但這樣的寧靜卻讓那法亞媞的罪惡感顯得格外的明顯，她直盯著眼前的酒，思緒也跟著迷惘了起來。一杯下了毒的酒……她暗想到：這酒可以結束薩摩斯的生命，但也同時可以結束她微不足道的命運。

她其實並不是真的想要毒害薩摩斯，只不過這一刻的她不知道自己究竟還有什麼樣的選擇。她並不愛薩摩斯，更不想當上埃及王后。但彷彿不管她說些什麼，薩摩斯卻總是一意孤行地做他已經決定的事。事實上，她根本就不想要跟王宮扯上任何的關係，更不想苟延殘喘地過一個她無法自主的生活。

那法亞媞一聲輕嘆，終於了解母親當初為什麼執意讓她遠離王宮。如果她早知道王宮是這樣的地方，那麼她一定會乖乖地聽從母親的勸告，永遠不要與王宮扯上任何的關係。只不過遺憾的是，不是每一個人都能預知未來的轉變，就連她此刻的生活都早已遠過於她所能預測的。

成為埃及的王后以及沒有傑洛克的未來……

不管是哪一個命運幾乎都形同死亡一樣悲慘，所以如果能現在就讓一切結束又何樂不為呢？

想著，她再度偷瞄眼前的那杯酒，隱約地記起薩摩斯常對她說的話：妳不是一個會說謊的人。

隨著這個句子在她的心裡發酵，她告訴自己：就讓薩摩斯捉到我的罪行吧。因為與其死在堤亞之手，她所虧欠薩摩斯的是一種她永遠還不起的愛。就讓他清楚地知道她並不是一個值得愛，而是個願意犧牲他的生命來換取自由的女人吧。讓他在盛怒之餘親手殺了她，好讓她毫無價值的死亡可以解決這難以收拾的局面。剩下對傑洛克的虧欠，她也只能祈求下一輩子再來還了。

那法亞媞深吸了一口氣，這才終於拿起了酒杯朝薩摩斯的方向走去。她小心翼翼地將酒杯放在他的身前，期待著他會注意到她眼裡的罪惡感，但薩摩斯卻連頭也不抬地直接伸手接過酒杯往自己的嘴邊送去。

他的絕對信任讓那法亞媞反射性地伸手阻止他喝下那杯酒，因為這並不是她當初所預期的舉動。而她的動作也著實讓薩摩斯停止了喝酒的動作，反射性地抬頭望進她惶恐的褐眸。也似乎在同一時間，他看穿了她眼裡的思緒，改回頭望了眼手中的酒。只見他的臉色黯然了幾分，這才又將所有的視線鎖在她美麗的臉龐。

他的眼裡劃過一陣陰霾，彷彿參雜了許許多多的情緒，就連語調裡也多了一抹她不曾聽過的苦澀：「這是……」薩摩斯似乎花了很長的時間才有辦法接口：「妳要的嗎？」

即使薩摩斯的死亡並不是她所要的結果，那法亞媞也不知道該如何向他開口，因為她清楚地知道就算她向薩摩斯要求她的死亡，他也不會允准的。所以她只好保持沉默以掩飾內心的情緒，期望他能將她此刻的舉動解釋成罪惡感的偽裝。

只見薩摩斯這又望向手中的酒，一直沉默了許久後才又開口：「她承諾了妳什麼，值得讓妳為她這麼做？」

他知道這是提亞王后的要求嗎？他的問話讓那法亞媞顯得有點不知所措，但她很快地便調整好自己的情緒改以平淡的語調開口：「自由。」

「自由？」薩摩斯輕蹙了眉頭：「難道我給妳的還不夠？」

「不是不夠。」她坦承：「只不過不是我要的。」

這是多麼諷刺的一件事，薩摩斯的心頭掠過一抹苦澀；他給不起的東西竟然得由他的母親來給？他接著從椅子上站起身，以他高大的身影覆蓋她相形瘦小的身軀，臉上卻難掩那抹掙扎：「妳真的那麼不想成為埃及王后嗎？」

那法亞媞很確定地點頭，因為那是她一直以來就很清楚的答案。

「但那是一個所有埃及女人都夢寐以求的位置。」薩摩斯不能理解：「我已經盡可能地給妳所有埃及女人想要的一切。」

那法亞媞的臉色緊跟著黯然。她不能理解薩摩斯為什麼無法認清他們根本是屬於兩個截然不同的世界、也不應該在一起的事實。更不用說一個偉大的國家不應該由一個奴婢來輔佐法老王，因為奴婢是絕對不知道該如何管理人民的。

「那或許是每一個女人的夢想，但卻不是我要的。」她鼓起勇氣望進他滿是悲痛的黑眸：

「你給我的每一樣東西都是我還不起也擺脫不掉的夢魘。」

「甚至包括我對妳的愛？」

「那是我高攀不上也還不起的情感。」她再度坦白：「我並不愛你，也不相信你是真的愛我。我之於你像是一種挑戰，因為得不到我，所以才讓你更想把我留在身邊。但如果你是真的愛我，那你不會總是強迫我違反自己的意願留在這裡。」

她的話讓他無言以對，感覺像是有人用刀狠狠地刺進他的胸口並毫不留情地將他整個人撕裂了一般：「如果那不是妳要的，那麼告訴我妳究竟要什麼？」

那法亞媞望著他的黑眸，突然間她的心頭裡有滿滿的情緒竟讓她不知道該從何開口。她能奢望他給她一個平凡人的生活、放她自由嗎？在她試圖毒害他的同時，她究竟有什麼權力可以這麼要求？那法亞媞低下了眼瞼，決定收起自己的慾望開口：「賜死吧。為了我罪行，讓我以死謝罪吧。你適合更尊貴的女人，而不是我這等奴隸來取代王后的位置。」

她冷漠的要求換來他無聲的沉默，不敢置信死亡竟然是她唯一要求他的事？一抹苦痛劃過他的心頭，慣有的自信似乎在此刻起不了任何的作用：「所以，」薩摩斯將視線深鎖在她的臉上：「妳我之間就只剩下這樣的局面，不是你死，就是我亡？」

「我死。」她坦白：「不是你亡。用你的手結束我微不足道的命運吧。這是我欠你的。」

這是她一開始就準備好的嗎？薩摩斯自問：從她送來毒酒的當下就已經有送死的準備了嗎？

他從她的眼裡看不見任何的恐懼，但那種勇敢與堅定不正是他傾心的地方嗎？他突然想起來；他從未在她美麗的臉上看見任何的微笑。或許她是真的不愛他，也或許他一直以來都只是在欺騙自己。但如果他給不起她所要的自由，那麼堤亞所給予她的自由是否能夠在她臉上創造出他從未見過的笑容？

他的死亡還是她的？他苦笑了一聲。難道她還不瞭解他嗎？他寧願犧牲掉自己的生命也不願目睹她的死亡……

薩摩斯的心頭留下無數的刺痛，他轉頭望向眼前那杯毒酒，思緒再度陷入陰霾當中。只見他沉默了許久，在那法亞媞還來不及反應以前，這便毫不猶豫地伸手一口飲盡了那杯毒酒。

這舉動讓那法亞媞驚嚇得不知所措，她急忙伸手試圖阻止他將杯中的毒酒喝盡：「你在幹什麼?!」她驚愕地發現杯裡的酒竟然早已飲盡，這使轉頭望向薩摩斯怒吼：「你明明知道我在酒裡面下了毒，為什麼還要——」

那法亞媞的話還沒有說完，便一把讓薩摩斯拉進了懷裡。他結實的臂膀緊緊地將她鎖在胸前，並低頭埋進她的髮裡。他不聲不語了許久，這才終於開口：「永遠不要拿妳的死亡當賭注，因為妳永遠不知道妳的對手會做出什麼樣的反應。如果妳堅持要我做個選擇，那這就是我給妳的答案。」聞著她的髮香，薩摩斯一聲長嘆：「如果我無法讓妳成為我的王后，那我祈禱下一個法老王可以找到妳並說服妳成為他的王后，我祈禱他能夠給妳我沒有辦法給妳的愛、擄獲妳的心、讓妳快樂，並讓妳成為埃及的唯一一個王后。因為你才是這個腐敗的埃及最需要的一個希望。」

「為什麼？」淚水布滿了那法亞媞的臉頰：「為什麼你要說這些話？明明知道是毒酒為什麼要喝？又為什麼要犧牲掉自己的性命讓我活著？我是個名不見經傳的無名小卒，但你卻是埃及的全部啊！」

「妳究竟要到什麼時候才會懂？」他伸手輕撫上她的臉頰後一聲苦笑：「妳的死亡只會讓我更加煎熬，那種生不如死的日子與死亡又有什麼差別？陽光，」他輕喚她的小名：「對我來說，妳就是我的全部，如果妳執意在你我之間做出選擇，那這將永遠是我的答案……」

「不──」淚水混濁了她所有的視線，心痛猶如刀割一般。他堂堂一個王子怎麼可以為了一個像她一樣的僕人而死呢？犯罪的人明明是她，又為什麼要拿他寶貴的生命來懲罰她呢？

「別哭，我的陽光。」薩摩斯伸手輕拭她臉上的淚水後低喃：「就算不是妳，堤亞還是會想盡辦法除掉我的。」

「但是──」那法亞媞難過到幾乎無法言語：「你很快就會成為法老王了，你可以改變所有的一切，不是嗎？無論如何都不可能有人會傷害到你──」

不等她把話給說完，薩摩斯的手指便按上她的唇瓣以阻止了她所有未出口的話。他沉默了一會兒這才一聲輕嘆：「如果妳真的這麼想，那妳很顯然地低估了她的能力。既然她都派妳來我的酒裡下毒，那表示她已經決心要在我當上法老王以前除掉我。」因為那才是他所認識的堤亞──

一個為了自己的野心會不惜犧牲掉自己兒子的母親。

「既然我的死亡只不過是件遲早的事，」他望進她美麗的褐眸，以手背輕柔地拭去她滿頰的淚水後接口：「那麼能夠死在妳的手裡又何嘗不是一件好事。」

為什麼？她還是不懂。為什麼他明明知道自己快要死了卻還笑得出來？為什麼她明明對他沒有任何的感覺，但心卻還會感到如此強烈的撕痛？她以為自己根本不想與他扯上任何的關係，也以為自己根本一點都不愛他！但如果那全都是真的，那為什麼她現在的心好像要碎了一樣？

在她還不能開口以前，毒藥好像到達了他的心臟，她感覺到他的身子頓時因痛而糾結在一起。她從來沒有見過他如此無力以及無助的樣子，只見他很快地使以笑容掩飾那抹掙扎，但臉上的蒼白與額上豆大的汗珠卻依舊清晰可見。

「我真的很抱歉，」除了道歉以外，那法亞媞根本不知道自己還能再說些什麼。她看見他的身子扭曲，還有臉上的表情因為劇烈的痛而產生糾結，卻也只能勉強地支撐他過重的身軀：「我真的很抱歉……」

「……永遠不要為了你所做的決定抱歉。」

「你怎麼可以說出這樣的話?!看看我對你做了什麼？我並不像你一樣，懂得如何去做正確的決定，更沒有辦法分辨是非。」因為如果她有這個能力的話，那麼現在死的人就會是她，而不是他了。

但薩摩斯顯然一點也不苟同：「決定沒有對的、錯的。也沒有人可以永遠做出正確的決定。既然都已經決定的事情，就永遠不要回頭去思考對與錯的問題。我的死亡對妳來說或許是個錯誤的決定，但那對我來說卻不是一個錯誤的選擇。」

「為什麼？」她一點也不能理解他話裡的意思究竟是什麼。

「因為這是我的命運。」他一聲苦笑：「既然我沒有能力保護妳，那麼我希望妳能夠得到真正的快樂。如果死亡是我不能改變的未來，那麼我寧願拿它來換取你的自由。這是我唯一可以給妳的禮物，我的陽光。為我找一個安全的地方並快樂地活著吧。」

那法亞媞搗上自己的嘴巴，心痛的感覺隨著他的蒼白而不斷地擴散。她從來都不知道在他狂妄不羈的外表下竟有顆敏感又多慮的心。

「……但永遠記得，陽光，」他接續道：「總有一天，妳會知道我是對的。妳是天生的王者，也是這個埃及需要的王后。如果我不能讓妳登上這個位置，那我會以我的鮮血祈禱妳總有一天會成為埃及王后，並且能夠得到真正的快樂。」

「你怎麼能這麼說？」她泣不成聲：「看看我對你做了什麼？我根本一點都不值得——」

即使到了這一刻，他的語氣還是如此的絕對：「我從來沒有愛過任何人。但妳絕對是值得我愛的一個人。我是衷心地希望妳可以成為我的小孩的母親……」血液突然從他的嘴裡噴出，讓他清楚地知道自己的時間所剩不多。所以他又將她拉回了自己的胸前，好藉由最後一個擁抱來壓抑體內急速擴散的痛……「答應我，」他要求道：「無論你的未來在那裡，都答應我要好好地活著。千萬不要讓任何人來掌控妳的生命，永遠不要放棄自己的夢想，更不要後悔自己所做的決定——」

話還來不及說完，薩摩斯的身子因為體內的劇痛而顯得扭曲，讓那法亞媞懷裡的重量頓時變得沉重。他擁著她的手順勢而下，在她還來不及反應以前，他已經整個人從她的懷裡滑落至地面。

不——

她隨著他掉落的重量滑坐到地面上，淚水也跟著布滿了她的臉頰。我到底做了什麼？此刻的心痛讓她感到格外的困惑。她不能理解為什麼薩摩斯的死亡會讓她感到如此的難受。她不是應該為了重獲的自由而感到解脫嗎？她不是應該感激自己終於可以擺脫王宮的束縛回到以往的生活嗎？這不全都是她想要的嗎？但為什麼此刻的她希望自己從未接受過堤亞的提議而促成現在的大錯呢？

如果薩摩斯的死亡是她為了得到自由所要付出的代價，那麼她寧願懷有他的小孩，成為他的王后……

這樣的想法讓她很快地摀住自己的嘴巴，也一直到這一刻，她才發現自己其實從來沒有討厭過他。一直以來，他的獨裁、專制與不講理讓她習慣性地與他對立。但如今看著他躺在自己的懷裡，她清楚地知道自己對他的情感絕對是遠勝過她所能想像的。但如果她對他真的有所情感，那麼傑洛克又該怎麼辦？她如何同時愛上兩個男人呢？這樣的認知讓她在惶恐中感到格外的羞愧與無措。像她如此迷惘的人又怎麼配得起他的愛呢？像她這麼低賤的人又怎麼值得他為她犧牲？

我希望妳能成為我的小孩的母親……

薩摩斯的話此刻在她的耳邊響起，讓她不自覺地低頭望下自己的小腹，懷疑腹中是不是已經有了他的小孩。突然間，那個可能成了她唯一的希望——唯一可以向薩摩斯贖罪的希望。如果她真的懷有了他的子嗣，那麼她就算遇到再大的困難與反對也要生下他的小孩，延續他的血脈……

第十六章

那法亞媞在薩摩斯的寢宮裡花了許久的時間，這才終於決定在任何人發現薩摩斯的死訊以前想盡辦法逃離王宮。只不過她才剛剛離開薩摩斯的寢宮沒多久，一股力道很快地便將她拉進了走道一旁的暗室裡。她在錯愕之餘反射性地想要尖叫，但是在看到眼前的人影之後，所有壓抑的情緒便頓時全湧上心頭，讓她毫不思索地投進了對方的懷裡。

「傑洛克——」淚水在她的眼眶中決堤，特別是現在這樣的情況底下，傑洛克的出現就猶如她的救星一樣。

只不過傑洛克卻沒有與她相同的反應，他的身體在觸及她的時候便整個人僵硬了起來。即便他對那法亞媞也有著滿溢的情緒，但此刻的他卻無法忘記王后交付給他的任務。

她真的懷有身孕了嗎？

這樣的問題不斷地在他的腦中盤旋。但不管答案是什麼，讓那法亞媞喝下去子湯已經成了他唯一的選擇。特別是那法亞媞與薩摩斯王子的關係，就算他現在真的能夠幫助那法亞媞逃離王宮，堤亞王后也絕對不會放她一條生路。

傑洛克這又將視線轉回到那法亞媞美麗的臉龐，正因為知道她不像堤亞一樣是個嗜血的女人，所以從她此刻的表情來看便不難猜測寢宮內究竟發生了什麼事。但她真的下得了手嗎？還是王子擅自為她做了決定？傑洛克輕嘆了一口氣：因為單以他對那法亞媞的認知也猜測得出來，她應該是想藉由毒害王子的舉動以求薩摩斯王子能賜她一死吧？因為她從來不把生死當一回事，又總喜歡拿自己的性命當賭注。但他懷疑她究竟知不知道她的死亡會對他造成多大的傷害？而今看她這麼活生生地站在自己的面前，他雖然應該感謝王子的決定，但也不免因為他願意為她犧牲的程度而感到黯然。再加上那法亞媞此刻如此悲傷的臉，讓他也不禁懷疑她對薩摩斯王子的情感是不是早已遠超過她所能設想的程度……

但他不想讓這樣的猜測占據他所有的思緒，所以在強迫自己專注後這便輕握上她擅抖的肩頭開口：「那法亞媞，」他停頓了一會兒才又接道：「我需要妳為我做一件事。」

「傑洛克，我——」她根本不相信自己還有能力做任何的事。薩摩斯的死亡都還沒有在她的心裡頭沉澱，她能拿什麼勇氣去面對其它的事？

只見傑洛克刻意忽視她徬徨無助的雙眼，低頭從腰間拿出一只水袋遞到她的眼前後又接口：「我需要妳為我喝下這個。」

昏暗的燈光讓那法亞媞根本看不清傑洛克此刻臉上的表情，而他的動機更是讓她無法理解。但所有的困惑在她聞到那水袋裡傳來的味道後便得到了答案。她的臉在瞬間成了慘白，因為她清楚地知道傑洛克要她做的是什麼事……

不——

她反射性地將手按在自己的下腹以保護肚子裡的小孩不受到任何的傷害，一雙美麗的褐眸也滿是質疑地望向傑洛克。為什麼？她不能理解；既然她都已經做到王后對她的要求，那他又為什麼要謀殺她腹裡的孩子？更何況那還是一個很可能屬於他的孩子……

「這不是我的決定，」傑洛克朝她邁前了一步：「但卻是我們唯一的選擇，也是妳唯一可以離開王宮的條件。」

「不！」那法亞媞搖頭：「你不能這麼做——」

「那法亞媞，」他再度喚了她的名字：「妳不能帶著王室的子嗣離開王宮。」

「我求你，傑洛克——」她哀求道：「請讓我就這樣離開。我發誓這個孩子絕對不會對王室造成任何威脅。沒有人會知道這個孩子的事，更不會有人發現他的存在。我求你，放了我們……」

那法亞媞的哀求在傑洛克的心裡造成極大的拉扯，但他只能努力地說服自己不讓她的眼淚說服。「等妳出了王宮安定了以後，孩子我們可以隨時再有，」他試圖安撫道：「但如果你現在不喝下這藥，就算逃離了王宮，王后是絕對不會饒過妳的……」

「不！」她搖頭：「就算我們再有孩子，那也永遠都不會是薩摩斯的！我必須為他留下這個小孩，因為這是我唯一可以為他做的事——」

但這樣的告白卻讓傑洛克的身子在瞬間僵直，因為他萬萬沒有想到那法亞媞的掙扎竟只是為了留下薩摩斯的子嗣……「妳……」語氣中的顫抖讓他很清楚地知道自己更害怕知道事實的真相：「愛他嗎？」

那法亞媞無法思緒，因為那是她從來沒有想過的問題。她從來不以為自己會愛上像他那樣狂妄不羈的男人，但當他躺在她懷裡任由生命一點一滴流逝的時候，那法亞媞清楚地知道自己對他的情感早已遠超過她所能預設的。「傑洛克，」她顯得茫然：「我沒有辦法清楚地回答這樣的問題，但我想……我是愛他的。」

她的話如刀割般地劃過傑洛克的心頭。「為什麼？」他不能理解：「如果你愛的人是他，又為什麼要答應王后的要求？又為什麼要跟我……」他說不出口，因為他不願去相信這些日子以來他所感受到情感很可能全都是假的。

「我不知道事情為什麼會走到今天這個局面？但死的人不應該是他，應該是我才對……」

那法亞媞的話只不過是更加地印證了傑洛克當初的質疑，那樣的發現讓他不知道自己究竟是該哭還是該笑。真不知道她為什麼總是能將自己的生命當作一種廉價的賭注？只不過現在又有什麼差別呢？他的心痛還是如刀割一般地叫人難受「妳……愛我嗎？」

原本應該是個她再清楚不過的問題，此刻的她卻再也不是那麼地確定。「我不知道。」她坦白地回答：「我想我是愛你的，只不過薩摩斯的死讓我再也不確定愛一個人究竟應該是什麼樣的感覺。現在的我只想要留下這個小孩，因為那是我唯一可以對薩摩斯所做的補償。」

傑洛克多麼希望這是他可以為她決定的事。只不過當他的視線望向她的小腹，他清楚地知道自己並沒有任何的選擇。姑且不論那法亞媞對他是否還有任何的情感，但若是他想要確保她以後的安危並還給她一個正常人的生活，那麼現在的他就算要揹負著對她的背叛，也只能執行王后要求他的命令。所以他只能狠下心，舉步緩緩地朝她的方向逼近。

「不——」

傑洛克的舉動讓那法亞媞反射性地想要轉身逃開，但她的人還來不及到達門口便讓傑洛克整個人拉了回去。他從背後以手臂勒住她的頸項，並強行將水袋裡的去子湯整個灌入她的喉裡，任由她極力反抗都無法將他勒在脖子上的手臂拉開。

啪——

那法亞媞趁著他鬆手之際，轉身狠狠地在他臉上甩了一個巴掌。她瞪視他的深褐色雙眸滿是責備與淚水，心裡頭的千頭萬緒讓此刻的傑洛克顯得格外的陌生。明明知道他只是依照王后的命令在行事，但她所感覺到的卻是一種強烈的背叛。

突然間，那抹噁心的感覺再度湧上她的喉間，那苦口的草藥一如反常地在她的胃裡製造出如刀割般的糾結。她無法思考，因為所有的感官像是在當下選擇終止。那使得她再也不知道該如何面對傑洛克，更無法理清自己的愛恨情仇，這一天下來所發生的種種早已混亂了她所有的感官。所以她瞪了他一眼之後，轉身朝門口的方向跑了出去，決定逃離他的身邊並儘可能地遠離這個王宮。她必須在所有的情緒攻占她以前盡可能地離開這裡。要不然，她再也不確定自己的理智不會在下一秒崩潰，因為現在的她再也沒有辦法相信任何人了……

正當那法亞媞的身影完完全全地消失在視線以外，傑洛克這才鬆開了手中的水袋，任由它掉落在地面。他無法反應，但如刀割般的心痛卻彷彿要將他整個人撕開。

我到底做了什麼？

他握拳擊向了身旁的牆，用力之大使得鮮血頓時從他的指關節溢出，但他不管再怎麼傷害自己還是覆蓋不了那抹心痛。他忘不了那法亞媞臨走前的表情，更無法忽視自己對她的背叛。他不但將她帶進了這個身不由己的生活，此刻更是殘忍地奪走她想要的一切。

他早該在帶她進來宮裡前就知道他們會活在一個沒有選擇的命運裡。而現在，他究竟又能期待兩人會有什麼樣的未來？苦澀的感覺如火燎原般地在他的心頭擴散，未來對他來說已是個奢求，但他唯一確定的是：那法亞媞這一輩子大概再也不會原諒他了吧……

「她喝了去子湯？」

側臥在躺椅上的堤亞半挑了眉頭望著身前的傑洛克質問道。侍衛方才匆忙地進來通知薩摩斯的死訊，但她的臉上沒有任何訝異與哀傷，反倒還若無其事地拿了顆葡萄送進自己的嘴裏。真是個天真又無知的下人。她暗自嘖聲道，卻也同時滿意這樣的結果。對她來說，這個膚淺的社會裡還沒有什麼事是威脅利誘做不到的。即便是一副趾高氣昂的下人，終究還是逃不過利益的誘惑。

只不過這會兒那個侍女沒到她的跟前邀功，反倒是傑洛克先回來報告她所交待的事情已經辦妥了。堤亞挑高了眉頭，彷彿開始質疑自己對傑洛克的猜疑或許真的是多慮了。

傑洛克站在王后的跟前許久不語，手裡還緊握著那個空蕩的水袋。他沒有辦法開口，只能點頭回答王后的問題，因為他的腦子裡還忘不了那法亞媞臨走前那張痛苦的表情。

「那麼……」見他久不開口，堤亞這又問道：「她現在人在哪裡？」

傑洛克遲疑了一會兒後才回答：「她已經離開了王宮。」特別是知道自己的所作所為已不可能再得到那法亞媞的原諒，安全地護送她出宮便成了他唯一可以為她做的事。

「很好。」堤亞皮笑肉不笑地一聲輕嘖：「你果然很適合侍衛隊長這個位置。」

傑洛克沒有開口，因為用背叛所換取來的職位並不是他引以為傲的事。他曾經誓言要守護那法亞媞，但到最後竟還是選擇傷害她。更何況他去掉的不只是薩摩斯王子的孩子，很可能還是他自己的孩子。他不怪那法亞媞無法理清自己對他的情緒，因為就連他都不知道該如何評價自己的所做所為。突然間，他發現「侍衛隊長」這個名詞對他來說已不是一種榮譽，而是他必須背負一生的罪名。

「衛兵！」在傑洛克的思緒還來不及沉澱，堤亞高亢的嗓音這又拉回他的注意力。只見一群侍衛兵隨即衝進了寢宮裡，全都站立在傑洛克的身後等待王后下一步的指令。傑洛克不明白王后招喚這些侍衛兵進來的目的，但她接下來所說的話卻足以讓他的臉色發青。

「召集所有的王室侍衛到宮外追緝那個膽敢謀殺王子的罪人！」她命令道：「連同她的家人都格殺勿論！她必須為自己的行為付出代價——」

「等一下！」傑洛克急忙阻止侍衛兵們朝門口的方向跑去，一雙深眸也不解地望向堤亞開口：「這不是妳當初答應她的事……」

「答應她？」堤亞刻意揚高了語調：「我堂堂一個王后會答應一個賤民什麼事？」

傑洛克簡直不敢相信自己的耳朵：「妳說過……會讓她活著離開王宮。」

堤亞直盯著傑洛克，彷彿正享受著他此刻生不如死般的表情。一直過了好一會兒，這才終於見她半斜了嘴角笑道：「可不是。」她撇開了臉轉頭把玩著盤中的葡萄嘖笑：「我的確說過如果她喝了去子湯就讓她活著離開王宮，但卻沒有保證在她離開王宮之後還能夠安然無恙。就算我可以原諒她企圖懷有王室子嗣的罪名，但這會兒她可是謀殺了即將就位的法老王，這等謀殺之罪豈能容忍她逍遙法外？」

「妳——」憤怒瞬間在傑洛克的腦子裡爆發反讓他張口無言。

所以不等他的開口，堤亞這又叫道：「侍衛們！全都去追緝那個罪人，連同認識她的人都一律格殺勿論！」這一次，再也沒有人膽敢再違反王后的命令，全都火速地朝著寢宮外的方向離去。

憤怒如火燎原般在傑洛克的心頭蔓延，指尖陷入緊握的雙拳彷彿試圖抑制胸口急欲爆發的情緒。他發現自己從來沒有這麼恨過一個人：「妳——」他得要花上很大的力氣才能勉強地將言語擠出喉間：「才是策劃毒害王子的始作俑者。妳答應過只要她能完成妳的命令就會完成她任何的願望。」

「小心你說的話。」堤亞斜了嘴角一聲輕笑，這又送了顆葡萄進到自己的嘴裡，淺嘗了口中的甜味後才又開口：「我是答應過她。但這會兒你是看到她來這提出要求了嗎？若是沒膽子來到我的跟前，那自然是畏罪潛逃，我又怎麼能不依照大埃及律法行事？謀殺王室本來就是滿門抄斬的罪行，哪有需要我提醒後才了解的道理？」

「妳——」

一直到這一刻，傑洛克才發現堤亞是如此不可理喻的殘忍、原來這一切都是她當初安排好的計謀，這個意思也就是說，即使今日那法亞媞沒有犯下如此的罪行，王后也一定會找一個莫虛有的罪名將她處斬。

該死的！他因為自己的無知而低咒。早知道事情會有今天這樣的局面，那麼他不但會想辦法為那法亞媞保留住薩摩斯的子嗣，更會與她雙宿雙飛，一同逃離王宮。只不過現在說什麼都太晚了，剛止血的指關頭這又因用力過大而溢出血絲；他不敢相信自己竟然會天真地期望堤亞會實現她的承諾而放了那法亞媞一馬，再也不去打擾她的生活……

「傑洛克！」堤亞嚴厲的嗓音再度將他拉回了現實之中：「既然你現在身為侍衛隊長，不是應該帶領所有的部下去執行我所交待的命令，將那個罪人的屍體帶到我的面前來嗎？」雖說如此，但堤亞真正想見的是傑洛克親眼目睹那個下人被處刑的畫面。身為她埃及王后的侍衛竟然還膽敢想著別的女人，更不用說對方還是個連賤民都不如的女人？堤亞在心裡頭暗咒；她要他一輩子都活在生不如死的苦痛當中，永遠記得這就是膽敢背叛她的下場。

突然間，傑洛克發現自己的遲疑對那法亞媞來說都很可能是她要面對死亡的時刻，所以他根本無暇思考，轉身便朝門口的方向跑去。現在的他只能期望自己還有足夠的時間可以拯救那法亞媞。因為他對她所造成的傷害已經夠大了，他絕不能讓堤亞這麼為所欲為地將那法亞媞的生命玩弄在她的掌心之中。

絕對不能……

那法亞媞不確定自己究竟離開了王宮多久，但顯然也已經有好一陣子的時間了，因為她疲憊的雙腿幾乎無法再做任何的移動，再加上下腹不斷傳來的劇痛，讓她幾度必須因那撕裂般的疼痛而停下自己的腳步。

雖然她飲用了去子湯多次，卻從來沒有一次像現在這樣難受。不只是那股噁心感一直滯留在喉間，下腹所傳來的撕痛感更是急速地擴散到她身體的每一個感官。她舉步為艱，也是在此時她才注意到腿間溢流的血絲。

鮮紅的血液讓她的理智成了短暫的空白，連同被傑洛克背叛的那種感傷，竟全化成了淚水在她的眼眶中打轉。小孩沒了嗎？這樣的念頭讓她好難過，因為那是她唯一可以為薩摩斯所做的事，也是她唯一可以為自己罪人的身分所做的補償。但她非但沒有能力保護這個小孩，竟然還讓她所愛的人奪取了這個無辜的生命，更遑論這孩子很有可能也是他的孩子。

為什麼？

這大概是她一輩子都得不到答案的問題，只知道想得愈多，她的腦子就只是變得更加地混亂。這一天之中發生了太多的事，多到她再也不相信自己有能力可以做出正確的判斷。情緒的錯亂更是讓她不知道該從何反應，她為自己的存在感到噁心以及羞恥。特別是在犯下如此不可饒恕的罪行後，她又有什麼權力指責傑洛克的過錯？因為到目前為止所發生的一切若不是因為她的存在也不會搞到像今天這樣子的局面。但她決定暫時拋開腦子裡的思緒，也不去理會下腹不斷傳來的絞痛，硬是勉強自己靠著牆邊支起身子，繼續原本就艱難的腳步。因為現在的她腦子裡只有一件事，那就是回到她的母親身邊——那個唯一稱得上「家」的地方。

但好不容易走到離家不遠的地方，遠處傳來的吵雜聲卻讓她反射性地避開身子躲進一個沒有人注意到的角落。只見不到一會兒的時間，幾名侍衛兵隨即進入了她的視線範圍之內，並以武力衝進了她的家門。頓時間，恐懼在她的心頭擴散，讓她的雙腳也不由自主地朝著窗口的方向前進以一探究竟。她不斷地祈禱自己的假設不會是真的，只不過隨即出現在她眼前的景像卻讓她原本就虛弱的臉色頓時變得更加慘白。

不——

那法亞媞幾乎尖叫出聲，但卻及時地以雙手摀住自己的嘴巴以抑止住喉間的驚恐脫口而出。她看見幾名侍衛將她的母親壓跪在地上，而另一名侍衛兵正持刀劃過她母親的頸項。

雖然她從未害怕過自己的死亡，但是此刻出現在眼前的畫面卻讓她不得不承認薩摩斯所說的話都是真的，因為親眼目睹她所愛的人的死亡更叫人生不如死。母親的慘死讓她恨不得也能夠即刻結束自己的生命。只不過薩摩斯的話卻在此刻浮上她的腦海……為我好好地活下去。

淚水濕透了她的臉頰，即使百般的不願，她發現自己的雙腳已經選擇逃亡的路線離去。

她必須要活著……

腦子裡不斷重複的這句話成了她前進的唯一動力。因為在薩摩斯犧牲自己生命的當下，她的性命就不再是她一個人的。這是她欠薩摩斯的，也是她唯一可以用來彌補罪孽的方式……

只不過現在的她根本不知道自己可以跑到哪裡，又有什麼地方可以做為她的藏身之處。她唯一清楚的是，她再也不想要受到堤亞的掌控、更不想要與王宮有任何的牽連。而為了達到那樣的目標，她必須盡快地逃離錫比斯城，遠離王宮所在的地方。但她還逃不了幾條街的距離，眼前不預期的人影卻讓她不自覺地頓足。

傑洛克？那法亞媞不能理解他為什麼會出現在這個地方，但隨著腦中的疑慮，恐懼似乎也慢慢地跟著成形……

第十七章

傑洛克原本趕著要拯救那法亞媞與她的母親的腳步，卻在靠近的時候因為一個突而其來的念頭而頓足。他意識到自己在王后的寢宮裡已經浪費了太多的時間，很可能早就錯過可以拯救她們的時機，只不過接下來的恐懼才是讓他不知所措的原因。因為他根本不確定自己是否能接受那法亞媞死亡的畫面。突然間，他懷疑那才是堤亞之所以派遣他來的目的——為的就是讓他親眼目睹這樣的畫面，好讓他的後半生活在背叛她的教訓當中。

所以他駐足在離她家不遠的角落，猶豫著自己的下一步究竟該如何前進。知道她的母親鐵定早就落在侍衛的手裡之際，那法亞媞的生死不自覺地成了一種賭注。是不是該勇敢地先去確認她還活著，然後再想辦法為她製造出一條生路成了他不斷重複的問題。只不過現在他就算真的有辦法再見到她，他也不確定她願意再相信他，更甚至是讓他靠近。

掙扎了片刻，他終於決定先到她的家裡一探究竟後再說，只不過才剛轉身便看見駐足在不遠處的那法亞媞。這個不預期的相逢讓他從方才就一直緊繃的神經頓時感到鬆懈，他不禁感謝諸神讓那法亞媞依舊安全無恙，但那樣的感覺並沒有維持很久，因為他很快地便注意到那法亞媞滿布鮮血的雙腿……

傑洛克倒抽了一口氣，罪惡感也跟著在他的心頭擴散。孩子沒有了嗎？他自問，也懷疑她是不是自從離開了王宮以後就一直帶著那樣的疼痛在逃亡。稍早的記憶讓他更加地無法原諒自己，雖然此刻的他是多麼想將她整個人擁入懷裡，但她眼裡的戒備卻讓他清楚地知道自己已經無法再靠近她半步。當然……他的心頭掠過一抹苦澀：在背叛了他對她的所有承諾之後，他還有什麼資格要求她的原諒？

想著，他下意識地朝她家裡的方向望去，隱約地可以聽見侍衛兵們傳來的吵雜聲，也讓他懷疑她是否已經目睹到她不該看到的畫面。他緊接著又將視線轉回到她的身上，注意到她現在所在的位置並不容易立刻讓人發現，只不過光是聆聽著侍衛兵們逐漸靠近的腳步聲，他知道她也不能在這裡逗留。頓時間，他不知道自己究竟是該想辦法延遲侍衛兵們的追查，還是跟隨著她一起逃亡……

他稍稍地挪了個腳步，卻隨即看見那法亞媞反射性地後退。她的反應讓他的心頓時冷了大半。沒錯，他暗想道；在自己背叛了她以後，又怎麼能期望她將生命交付到他的手中？但她滿身是血的身子又可以逃亡多久？但若他無法靠近的話又怎麼確保她的安然無恙？

那法亞媞原以為自己的心早已經麻痺到不可能再感受到任何的情緒，但在看見傑洛克的眼神後再度感到心碎。雖然她很想要說服自己；母親的死亡與傑洛克一點關係也沒有，但此刻的她就是無法否認是他帶領著侍衛來追捕她的可能，因為他的眼神很清楚地告知她，他完全知道現在正發生在她家的一切。

不——

方才的景像讓所有的聲音至今都還卡在她的喉間，那法亞媞發現自己竟找不到任何的聲音開口，更無法不去質疑所有的事情。就連此刻站在傑洛克的面前，她都不得不懷疑他是不是正在想辦法捉拿她。但她一直不能理解的是；為什麼？在她執行了王后所要求的命令之後，為什麼不能放了她一條生路？為什麼要讓毫不相干的母親受罪？又為什麼要如此徹底的毀滅她？他究竟想從她的身上得到什麼……

「隊長？」

遠處一位侍衛傳來的呼叫聲猶如利刃般地刺進她的心頭。突然間，她滿腦子的疑惑好像在瞬間全得到了答案。隊長？她望向傑洛克滿是罪惡感的雙眼，不敢相信他今日竟然為了當上侍衛隊長而選擇背叛了她？好笑的是她還天真地以為他曾經愛過她、無知地認為他跟其它的人都不一樣。但一直到現在她才發現自己的情感終究是比不上他對階級的渴望，因為他到最後還是選擇犧牲她的性命來換取更高的地位……

聽見侍衛們逐步靠近的聲音，那法亞媞知道自己不能久留，所以在悲慟地朝傑洛克凝視了片刻之後，這便轉身消失在他的視線之外。但就算他們真的追捕到她又怎麼樣？此刻的那法亞媞只感到心灰意冷，因為在失去了所有的一切之後，她再也找不到任何生存下去的動機。

但她的雙腳違背她的心意不斷地跑著，薩摩斯的話不斷地在她的耳邊重複著。沒錯，她提醒自己；她根本沒有放棄求生的權力，因為她理應苟延殘喘地活著以反省自己已經犯下的錯誤。

「隊長？」

當侍衛兵抵達傑洛克的身邊時，那法亞媞的身影早已完全地消失在他的視線之外。傑洛克的心頭隨即湧上一抹遺憾，因為即使到了最後，他還是沒有開口跟她說話，更甚至是解釋自己的勇氣。

他看得見她的眼裡又多了一層的誤會，但現在誤會再多又有什麼差別呢？他一聲苦嘆，因為自己本來就是個罪人，就算真的被那法亞媞誤會，他有什麼資格為自己辯解，又有什麼權力能要求她的原諒？此外，這應該是他最後一次見到她的機會了吧……

發覺傑洛克沒有做任何的回應，一名侍衛朝著他目光望去，但在看不到任何東西之後又轉頭望向傑洛克開口：「我們找到那奴婢的母親，但並沒有看到那個奴婢的身影。」

這話讓傑洛克頓時記起了自己在此的目的。他原本該是來拯救那法亞媞與她的母親，卻因為那法亞媞的出現而分了心。所以他調整了自己的表情，即使早已經知道了答案，他還是開口：「她的母親呢？」

「已經依照王后的命令處斬了。」那侍衛報告道。

這已知的答案依舊在他的體內產生一抹緊窒的心痛。顯然他罪人的身分這會兒又多了一條罪狀。

「隊長？」見傑洛克一直不開口，侍衛又接道：「我們是不是應該全面搜索整個錫比斯城以趁勢追捕那個逃亡的奴婢？」

傑洛克楞怔了一會兒，隨即以雙眼掃過身前等候指令的侍衛們。或許，他注意到：事情並不如他所想像的那麼糟。藉由堤亞賜予他的頭銜，讓他在這個關鍵時候握有指揮搜尋的權力。所以他很快地回神指向那法亞媞逃走的另一個方向命令道：「那就往王宮的方向全面搜尋，不要錯過任何可能的地方。如果她還來不及趕回家裡通知她的母親，那麼一定還在離王宮不遠的地方。」

命令剛下，所有的侍衛們即刻朝著他所指的方向開始進行搜索。一直等到身前的侍衛們走遠，傑洛克這才轉頭朝那法亞媞消失的方向望去。現在的他只能祈禱她能夠撐著身子，盡可能地逃亡到王宮勢力觸及不了的地方，再也不要回到這座城市。

他已經傷害得她夠深，再也不可能祈求她的原諒。所以從這一刻開始，他會使用他隊長的頭銜，盡力為她掙取更多逃亡的時間。因為那是他唯一可以為她做的事了。

一個小女孩的身影吸引了她的注意。

逃亡中的那法亞媞此時正因為眼前蹲坐在街角乞討的小女孩而不自覺地停下了腳步。那個女孩約莫十三歲左右的年紀，除了全身滿是髒垢之外，就連頭髮都像雜草般零亂，一副十足十的奴隸模樣。只不過她一身的髒亂卻掩飾不了她獨特的五官，即便是污泥遍布仍掩飾不了那雙明亮有神的黑眸。
而她讓那法亞媞不自覺地想起了十二歲時的自己，隨著記憶的流轉，這些年來的點點滴滴也快速地在腦裡重複了一遍。不知道是從什麼時候開始，她早忘了無知與單純該是什麼樣的感覺，王宮裡步步為營的日子讓她迷失了自己，而這些日子所發生的事只留下了滿身的傷痛，無助以及絕望，就連感官都變得麻木了。今日要不是還死守著對薩摩斯的承諾，她根本找不到任何值得活下去的藉口。她不斷地逃亡，單純地為了遠離王后、王宮以及那段不堪回首的過去。
想著，她這又將注意力轉回到那個小女孩無知的雙眸，多希望自己也能夠回到那段與污泥為伍的歲月。她懷念自己的母親，也曾期望一切的事情都能夠重來。但那都只能是種奢望，因為她根本沒有讓時光倒流的能力。現在的她就像是這個十字路口一樣，根本不知道未來的路究竟會走到什麼樣的盡頭。那樣的感覺又跟眼前乞討的小女孩有什麼兩樣？她也不知道未來會在什麼地方？只不過突然間她倒是很好奇，眼前的小女孩會不會也有被招入進宮的一天？如果有那個可能，是否又會遭受與她相同的命運，還是會創造出一個截然不同的未來？
就在這個時候，母親的話再度浮上她的耳畔：美貌不永遠是一種祝福，很可能是場無人能掌控的災難。
此刻的她彷彿清楚地了解母親這句話的意思。因為她的美貌正是所有災難的禍根。
如果她當初夠聽話，懂得依循母親的要求避人耳目的話，那也不會有今日的悲劇發生。她不會遇到傑洛克，自然不會被引進王宮晉見王后，不會去侍奉法老王，更不可能會遇見薩摩斯……如果她早知道事情會有今天這樣的局面，那麼她絕對會乖乖地聽母親的話，不會與他們扯上任何的關係。

遠方一陣士兵的步行聲快速地拉回了她遠走的思緒。她很快地低了頭，伸手將頭巾拉下了一點以遮住自己的臉。只是朝街角的那個小女孩望了最後的一眼，便趕緊朝著城外的方向繼續前進。

她只希望那個小女孩不會淪落到與她相同的命運，因為她再也不相信美麗是一種祝福，反倒是災難將至的代名詞了。

那法亞媞已經逃亡了好幾天了，一直等到自己走到一座人煙稀少的湖邊，她這才第一次允許自己稍做休憩。這座湖座落在錫比斯的外城，離大神殿不太遠的地方。正因為這裡是聖地且多半是在節慶的時候用來服侍王室貴族的地方，所以一般百姓們不太會在這個地方隨意走動。

湖邊所瀰漫的祥和感讓她不自覺地鬆弛了這一陣子的緊繃，寧靜的四周聽不見任何侍衛搜索的聲音更是讓她安心了許多。她長吐了一口氣，這才傾身蹲坐在湖邊檢視一下水裡的倒影，隨後便勺了口水送到自己的嘴裡，感受著那抹清涼瞬間滋潤喉間的乾澀。

她不確定自己上一次進食是什麼時候，只能感受著清水在體內所產生的異物感。所以她很快地又強迫了自己多喝幾口水以填補那抹飢渴。一直等到腹中的飢餓被滿足的時候，她的腦子裡也不由得浮上了許多的問題：我現在究竟要去哪裡？這樣毫無目的的逃亡又會帶給我什麼樣的命運？因為不管她走得多遠、多快，埃及之大卻根本沒有一處她想要去的地方。她真不知道自己繼續這麼苟延殘喘地活下去究竟還有什麼意義，更不知道是不是還有足夠的勇氣可以實現對薩摩斯的承諾。望著倒影裡的眼睛，她不得不質疑自己是否真的想要活下去？如果真是如此，那麼未來之於她又有什麼意義？

遠方一陣士兵的腳步聲讓她剎然地提高了警戒並站直了身子，也是在這個時候她注意到湖邊一座不太顯眼的小山洞，隨即想都不想地便朝山洞的方向尋找庇護。一進到山洞以後，她立刻小心謹慎地伏靠在洞口附近以觀察洞外的動靜，根本不敢隨意出聲。

「我們去那個地方找找……」

一直等到腳步聲在洞外匆匆地走遠，那法亞媞這才終於又鬆了一口氣。侍衛們顯然經過的時候並沒有注意到這個山洞。也一直在確定他們真的走遠了之後，那法亞媞這才轉身準備在山洞裡面多做休息，但卻在這個時候驚愕地發現洞裡竟然還有他人的存在，這讓她的所有神經在瞬間又緊繃了起來。

她的視線還無法適應洞裡的黑暗，也不能很清楚地看見坐在洞裡的人究竟是誰。但光是從他一身的穿著來看便不難斷定他應該也是土宮裡面的人。這樣的發現讓她變得進退兩難。如果這個人真的在王宮裡工作，那他是否知道她正是王后這些日子以來在追緝的對象？如果知道，那麼她待在這個洞裡抑或是逃出洞外豈不都是相同的結局？

那法亞媞駐足在原地不敢輕舉妄動，既不敢逃出洞外，也害怕再朝洞內走近一步。只能緊抿著下唇，讓洞內的死寂放大她緊張的心跳聲與難以平穩的呼吸。

只見兩人沉寂了許久，那個人這才終於抬頭問道：「妳不進來嗎？」

那個男人有著非常低沉如綢絲般的嗓音，語調中的平穩更讓人莫名地感到安定。不知道是為了什麼緣故，他的聲音甚至讓她有種莫名的熟悉感，語調中的穩重與自信就好像薩摩斯一樣……但是，她告訴自己；那是不可能的事，薩摩斯的死亡是她永遠無法改變的事實。所以她很快地抹去腦裡的胡思亂想後回答：「我不確定。」

那個男人沒有立刻答話，但死寂的洞穴卻讓她可以輕易地聽見他鼻頭下的一聲淺笑。她無法看清楚他臉上的表情，但是他嘴角的弧度卻讓人難以忽視。只見他停頓了片刻之後這才又接口：「那就進來坐吧，」他承諾道：「我不會舉發妳的。因為我跟妳一樣是來這裡逃難的人。」

像我一樣逃難的人？那法亞媞壓根不認為那是一件可能的事。因為罪狀再大也絕不及她謀殺即任法老王的罪名。所以就算他真的是個難民，也絕對無法與她所犯的罪行相提並論。

但她沒有開口，只是遲疑了一會兒，這才終於緩緩地舉步朝洞裡的深處走去，也順勢在他身前不遠的石頭上坐了下來。她還沒有辦法完全地適應洞裡的昏暗，但已經可以大略地可以描繪出他臉上的輪廓。不知道是什麼緣故，她注意到眼前的男人竟讓她感到莫名的放鬆。他的身上有種讓人安心的能場，讓人直覺地想要相信他。這樣的感覺對她來說並不是件容易的事，特別是在發生了那麼多的事情以後，她根本不認為自己還有相信任何人的能力。

只不過她的直覺向來非常的敏銳。此刻她所感受到的卻是一種她從未體驗過的感覺，更不用說自己還置身在這個伸手不見五指的黑洞裡，壓根看不清對方的樣子。所以她只能試著解釋內心這種奇怪的感覺，相信是因為這陣子的混亂而讓她無法做出任何正確的判斷。或許她對他的感覺根本就不是一種信任，而是一種生命中無法再有任何損失的絕望。

正當她陷入沉思之際，那男人如絲般的語調再度響起：「……妳在躲什麼？」

這麼突而其來的問題讓她感到有點錯愕，因為逃亡對她來說幾乎成了一件理所當然的事，以致於她根本不知道該從何開口。更何況，她不知道自己真的想向一個陌生人坦白自己究竟在逃避些什麼，因為他們不但素不相識，他還很可能是替王后工作的人。所以儘管他再怎麼讓她覺得有安全感，也不至於讓她無知地向他表白自己不堪的過去。所以與其回答他的問題，她反倒回問了句：「你呢？」

她注意到那個男人停頓了一會兒，隱約地看見他的嘴角微微地上揚後，這才帶著半開玩笑的語氣開口：「我的哥哥死了。所以我必須接掌他的工作，還有……他的妻子。」他沉默了一會兒後又接口：「……我只是需要一個安靜的地方來消化這些突而其來的改變。」

「對不起。」那法亞媞反射性地道歉。特別是在感受過失去親人的那種痛苦之後，她更是為自己的唐突感到失禮。

「不會。」那男人一聲淺笑：「當妳走進洞穴裡的時候，我才發現妳的出現對我來說就像是一種解脫。或許我之前認為一個人獨處是個很好的主意，但是我後來發現一個人這麼面對死亡的遺憾卻不是一件容易的事。」

要不是清楚地知道他話裡的意思，那法亞媞大概會以為這話是說給她聽的。一個人獨自面對親人死亡的傷痛的確不是一件容易的事。特別是那種孤苦無依的孤獨感以及內心百感交陳的情緒根本無法用任何言語來形容。所以她在輕嘆了一聲後喃喃自語道：「死亡不是我們應該獨自去面對的事。」

那個男人朝她望了眼，低沉的聲音很快地又染上一抹淺淺的笑意：「……妳是個很有趣的女人。」

有趣？那法亞媞一點也不這麼認為。別說她自覺枯燥乏味，而今她更是深深地覺得災難與詛咒已是她這輩子無法擺脫的形容詞。想著，她抬頭望向坐在對面的那個男人。如今眼睛已經開始適應了洞裡的黑暗，自然可以協助她描繪出那個男人的長相。

他的手長腳長，顯然是個挺高大的男人。除了衣著有種貴氣之外，身上所散發的貴族氣息更是讓人難以忽視。她試圖想要在腦子裡搜尋對他的記憶，但卻總是徒勞無功。他顯然是個貴族，但卻不是一個常進出王宮的人。

他有很奇特的五官，深邃的輪廓、尖挺的鼻子和一雙十分吸引人又性感的飽滿雙唇。而他的眼睛炯炯有神，即使在黑暗中仍透露著異於常人的敏銳。但正是因為這樣的注視才讓她不由自主地聯想到……薩摩斯。

她究竟是怎麼搞的？那法亞媞低咒；難到思念真的會讓人產生錯覺？要不然她為什麼老是把一個陌生人與薩摩斯聯想在一起？他那獨有的傲氣與自信，怎麼可能有人會長得像他？那法亞媞很快地揮開腦子裡的思緒，那個男人的低沉嗓音卻又在此刻響起：「……妳還沒有告訴我妳在躲什麼。」

那法亞媞抬頭望向他，遲疑了好一會兒後這才終於決定開口：「過去，」她簡單地回答：「我正在想辦法逃離我的過去。」但話說如此，她卻不確定那是一件可行的事，因為過去的記憶早已深深地烙在她的心靈深處了。

但男人只是低聲一笑：「那妳成功了嗎？」

「怎麼可能？」她突然發現那是一個聽起來有點傻的念頭，因為有誰能夠真正地逃避過去？「但也正因為不可能，所以我開始覺得，或許放棄我的生命才是逃避過去的最好方法。」

「放棄？」他顯得有點不解：「為什麼？」

選擇放棄自己的生命又哪需要太多的藉口呢？但正因為從來沒有人在乎她做了什麼決定，以致於這個陌生人如此直接的問話竟讓她變得有點不知所措。「因為……我發現自己好像沒有想像中的堅強。」或許是黑暗讓人變得莫名的大膽，導致於她不由自主地向一個陌生人坦承自己的軟弱。也或許是因為他的身上老散發著一種讓人安心的感覺，讓她開始懷疑自己究竟還可以在他的面前偽裝多久。

所幸他沒有再追問，只是盈著臉上的笑容淡淡地低語：「那不像是妳會說出來的話。」他語中的肯定彷彿早已經認識她多年。

那法亞媞輕蹙起眉頭。因為除了薩摩斯以外，她從沒見過任何人有如此這般狂妄的自信。「你又怎麼可能知道？」她咕噥：「你根本不認識我。」

「沒錯，我的確是不認識妳。」他同意：「但妳的眼睛不太會說謊。」

他的評語讓那法亞媞不自覺地睜大了褐眸，懷疑他究竟是如何在黑暗中看穿她的心思？又為何總讓她不自主地想要在他的身前卸下心防？那種似曾相識的感覺究竟從何而來？而他又是誰？突然間，在他眼前的赤裸讓她變得不知道該如何防備自己，只好緊抿雙唇繼續保持沉默。

但她倔強固執的表情很快地又惹來他喉間一聲淺笑：「妳是個很容易讓人閱讀的女人。」

她皺起眉頭以抗議他的誠實。在她還沒進到這洞穴以前，她原以為自己已失去了所有的情緒。但不知道是為了什麼緣故，眼前的男人卻似乎可以輕易地挑動她早已埋藏的感官。更何況是對一個剛剛失去親人的人來說，他的情緒似乎顯得過分的愉快了些。

只見那男人很快地調整了自己的語調後開口：「我不認為一個人應該輕易地放棄自己的生命。但如果這已經是妳為自己所做的決定，那麼何不從現在開始就把妳的生命交由我來替妳負責吧。」

「交給你？」她並不期待從一個陌生人的嘴裡聽到這樣的話。

「有何不可。」男人有如玩笑般地聳肩：「反正妳既然都已經決定要放棄自己的生命，那麼何不乾脆就交付給我，讓我來替妳的人生做決定吧。」

那法亞媞不知道該如何接口，因為眼前的男人讓所有荒唐的事聽起來都像理所當然似的。究竟是什麼樣的人會做出如此狂妄的決定？又是什麼樣的人會願意對一個陌生人負擔起全部的責任？難到他是真的不知道她正是王室追捕的對象嗎？一旦承擔起對她負責的風險，是否又知道未來會跟隨什麼樣的考驗？

只不過這些問題都不是她現在所要擔心的事，更沒有時間去在乎自己的生命該不該交付到一個陌生人的手中。因為這一刻或許正是她的終點，一旦踏出了這個洞口，她再也不確定自己是不是還有任何存活的機會……

這或許正是諸神送給她的禮物吧——知道在她死前還有人願意守候著她。那法亞媞一聲苦笑。突然希望自己能以平常人的方式與眼前的男人相遇。至少是一個不需要擺脫過去，也無需與死神鬥爭的情況底下，那麼她鐵定會很樂意地接受他此刻的提議。

只不過現在的她根本沒有資格做這樣的夢，因為如果他真正地了解了她的過去，那麼他鐵定會想盡辦法與她保持距離的。「我不是一個你會想要負責的女人。」她警告道，不希望他因為自己的無心之言而感到後悔。

但那個男人卻不理會她的警告低笑：「我想，我可以為自己做這個決定。」

他語調裡的自信再度讓那法亞媞結舌。為什麼？她自問。這個男人就連說話的方式都讓她莫名地想起薩摩斯？她很快地撇開這個念頭，深信眼前的男人絕對不可能跟王室有任何的關聯，這才又抬頭望進他的雙眼。

或許……她開始認真地思考他的提議；內心的某個部分還是希望能有人能照顧她。也或許，她真的該將自己的生命完全地交付給眼前這個勇敢的陌生人手中……

但她都還來不及開口，男人這又接道：「既然我從這一刻開始為妳的生命負責，」他半彎的唇瓣所流露出來的是一種如絲般的語調：「至少該讓我知道妳的名字吧？」

名字？那法亞媞楞怔了會，顯然已經有好一段時間不曾有人叫過她的名字了。

「那——」但她才正準備出口，卻發現所有的回憶頓時排山倒海而來，讓哽咽全卡在喉間而無法繼續。她發現自己的名字所連帶的是一段她根本不想要再回憶的過去。

所以她沉默了好一會兒之後才又決定開口：「……那法媞媞。（美麗的女人已到）」正如她的母親一再叮嚀的：美貌不永遠是一種祝福，很可能是場無人能掌控的災難。如果眼前這個男人夠聰明的話，那麼他就會清楚地知道一個美麗的女人就如同一個永無止盡的災難，接受了她也就等於接受了悲慘的命運。也一直到現在，她才終於理解母親當初的苦心；因為她不只是個美麗的女人，還是個帶著滿身詛咒的女人。

那法媞媞……

她這麼告訴自己；如果她能夠活著走出這個洞穴，那麼這個名字便是她另一個生命的開始。

—待續—

國家圖書館出版品預行編目資料

被遺忘的埃及 I：那法亞娓／Ruowen Huang 作．
譯.--初版.--臺北市：侖貝，民 102.03
面；　公分
譯自：Forgotten Egypt. I：Nefayiati
ISBN 978-986-89276-0-5（平裝）
885.357　　102002526

被遺忘的埃及 I：那法亞娓

作　　者　Ruowen Huang
譯　　者　Ruowen Huang
校　　對　胡為智、周雅慧
發 行 人　黃韻韻
出　　版　侖貝有限公司
地址：100台北市中正區齊東街82巷39號
網址：www.avamel.com
電話：02-23416826
設計編印　白象文化事業有限公司
專案主編：黃麗穎　　經紀人：徐錦淳
經銷代理　白象文化事業有限公司
412台中市大里區科技路1號8樓之2（台中軟體園區）
出版專線：（04）2496-5995　　傳真：（04）2496-9901
401台中市東區和平街228巷44號（經銷部）
購書專線：（04）2220-8589　　傳真：（04）2220-8505
印　　刷　基盛印刷工場
初版一刷　2013 年 3 月
二版一刷　2018 年 10 月
三版一刷　2020 年 7 月
三版二刷　2021 年 3 月
定　　價　350 元